宮澤くんのあまりにも愚かな恋

Chapter.3

カナン

-Kanan-

11 やらかした -I'm Doomed-

果南《かなん》とデートをして、俺たちが一線を越えてから、一週間が経《た》った。

この間に、俺はなんとか問題を解決するつもりだった。果南とはただの親友同士に戻り、ルインとは裏表のない恋人に戻る。そのつもりだった。

だが実際に俺が体験したのは、地獄への各駅停車の電車に乗って、一日に一駅ずつ、暗黒の底に向かってじりじりと進み続けるような毎日だった。何も解決せず、何も実現せず、何も改善せず、何も決着せず、事態はただただ悪くなり続けた。

果南とのデートから、二度目の月曜日が来た。

俺は憂鬱な気分で学校に向かった。

学校に着くと、ルインと廊下でばったり会った。

ルインは相変わらず美人だった。スタイルが良くて、腰もくびれていて、ありふれた高校の制服を着ているだけで、なんだかファッション誌のスナップ写真のように見えた。ぱっちりとした目元、長いまつ毛、筋の通った鼻、形の良い唇《い》、どれも適切なものが適切な場所にあるという印象だった。

そんなルインは俺の彼女である。ただ、交際がバレると話題にされて面倒くさいとルインが言うので、一部のクラスメイト以外には秘密にしている。

その考えからすると、廊下で会ってしまっても、特に雑談したりはせず、他人のふりをするべきである。

しかしその時はたまたま周囲の人通りが少なかった。それから彼女は、たぶん俺と面と向かって話したいことがあって、俺も同様だったから、自然と会話が始まった。

「おはよう、ワタ」とルインが言った。

「おはよう、ルイン」と俺は答えた。

「ねえ」時間が限られているからだろう。ルインはさっさと本題に入った。「果南ちゃんのことなんだけど――」

だがその時だった。

不意に俺の背中側からバタバタという全力疾走の音が聞こえてきた。

足音だけで誰が来たのかがわかった。高校生にもなると人前で全力疾走するのは外聞が気になって止《や》めるものだが、彼女はするのだ。それも人目を気にしていないというわけではなく、人目の捉え方が変なのだ。妙に自意識過剰な面がある一方で、とことん無頓着な時がある。

次の瞬間、小動物のような女の子が、勢いよく俺に腕を絡《から》めてきた。

手なのだ。

「やあ、親友！」

果南だった。とても大きな声だった。あまりに大きな声なので、遠くにいるクラスメイトが何人かこちらへ振り向いていた。これも他意があるわけではなく、彼女は単に声量の調節が下手なのだ。

次に彼女は、背が低いにしては豊満な乳房を、俺の体にぎゅっと押し当ててきた。

これには他意がある。俺には彼女の行動のどれが意識的で、どれが無意識的かがわかる。

果南は俺の彼女がルインであることを知っていて、ルインが見ていることをわかっていて、あえて俺へのスキンシップを過剰にしているのだ。

「私たちはとっても仲良しの親友だよね～っ!!　今日も部活に来るよね！」

またしても大きな声だった。応援団みたいだった。そして果南のような、普段は声を出し慣れていない人間が応援団のような声を出すと、なんとなく耳慣れない響きになって、それだけでも人目を引くものだ。

「あ、ああ……そうだな」

と俺はたどたどしく答えた。何かを口にしないと、果南の大声が止まらず、人がどんどん集まってくる気がしたからだ。

果南はその答えを聞いて、口元だけで微笑《ほほえ》んだ。

腕越しに、果南の胸の感触が伝わってきた。あまりにもべったりと腕を抱きしめるので、制

服の下にあるブラジャーの触感はもちろん、彼女の体温の高さや、胸の柔らかさまでもが伝わってきた。表立って視線を向けることはできなかったが、たぶん果南のバストが俺の腕を挟み、食い込むような見た目になっているのは推測できた。そしてその光景をルインが見ているのも明白だった。

果南の勢いに負けて、つい棒立ちになってしまっていたルインだが、最終的にはかすかに眉をしかめて、あんまり真剣になりすぎない声色で、俺たち二人に向かって言った。

「あ……あのさ、親友と言ってもさ、距離感は考えた方がいいんじゃないかな？　私たちってもう高校二年生で、男女の垣根のない小中学生の時とは違うんだし……」

遠慮がちな言い方だったが、内容としてははっきりと俺たちのことをたしなめていた。

正しい言い分だと俺は思った。ルインが彼女だからということ以前に、社会通念としてもそうだと思う。

「やだなぁ、藤代《ふじしろ》さん。こんなのはただの親密な友情表現だよ！」

果南は軽快な口調でそう言うと、さらに強く俺の腕を摑《つか》んできた。

ふと見ると野次馬が多くなっていた。と言っても四、五人くらいだが、高校という狭いコミュニティに属する俺からすると、胃がキリキリする人数だ。

俺と果南はどちらも陰キャだが、人通りのある廊下で男女がぎゅーっと腕を組んでいるのは、それだけでも目立つ。

くわえて鈍感な果南は全く気づいていないが、彼女には一定数の隠れファンがいる。身も蓋もない言い方だが、容姿がいいからだろう。彼女のコミュ障っぷりはある程度は知れ渡っているが、遠目から見る分には可憐《かれん》な花が咲いているかのような女の子ではある。そんな彼女が廊下で男子と腕を組んでいるのだから、ある程度の好奇の目は集まる。

果南は注目を集めていることを快感とでも捉えているようなにやにや笑いを浮かべると、涙袋の大きな目で俺を見つめてきて、こう言った。

「こんなこと、ロスでは日常茶飯事だぜっ!! アメリカの友情ってこんなもんだよな、親友!!」

声量が今日最大になっていて、本当にやめて欲しいと思った。

違う、と俺は心の中で発声した。果南の俺に対する振る舞いは明らかに度を越している。友人としての距離感を逸脱しているし、彼女であるルインの前で、こんなにもべたべたするのはデリカシーを欠いている。いや、果南は意図的にやっているのだから、デリカシーの問題ではなく、もっと根深いものかもしれないが、ともかく常識に反していることは確かだ。

俺は腕を引いて、果南の拘束から逃れようとした。だが果南は手を外さず、代わりに俺の耳元でこう囁《ささや》いた。

「どうして引き剝がそうとするのかな?」

どうしてじゃない、こうするのが当たり前だからだ、と俺は心の中で叫んだ。

だが、もう一回腕を振りほどこうとしたところで、果南はこう言った。

「じゃあ……動画を藤代さんに送るけど……いいの？」

その言葉を聞いた瞬間に寒気がした。死神の冷たい鎌を喉元に当てられたかのようだった。

もしも動画がルインに送られてしまったら、俺は恐ろしい辱《はずかし》めを味わい、ルインとの関係が木《こ》っ端《ぱ》微《み》塵《じん》に破壊されるどころではなく、俺のこの先の人生にすらも影響を及ぼしかねない、甚大《じんだい》な被害を被《こうむ》ることになるだろう。

だから俺は、こうするしかなかった。

ルインの目の前にいることを承知の上で、ぎゅっと果南の腕を握り返した。

「し……親友だから、これくらいのスキンシップは当たり前だよなー！」

自分が汗ばんでいることが、果南の制服の感触から間接的に伝わってきて、それがなんとなく嫌だった。

「えへへー」

果南は俺の言葉に気を良くしたらしく、舌足らずな嬌声《きょうせい》をあげた。

ルインは感情のこもらない目でこちらを見ていた。俺はつい目を逸《そ》らした。

次の瞬間、恐ろしいことが起きた。

果南が俺の髪に鼻を当てて、いきなりすんすんと匂いを嗅いできたのだ。

唐突な行動に、俺はますます体を硬くした。

しばらくすると果南はうっとりとした目を俺に向けて言った。

「親友の髪はとってもいい匂い」

俺は二、三秒ほど言葉を失ったが、結局は「なら良かったよ」と、答えにもなっていないようなことを口にした。

「私のあげたシャンプーを使ってくれてるみたいだね」

認めたくなかったが、特にルインの前では言いたくなかったが、使っているよと俺は言った。使わないと動画をばら撒《ま》くと以前に果南が言っていたし、プレゼントしたシャンプーを使っているか使っていないかなんてことは、セックスの時に髪の匂いを嗅ぐのが好きな果南にかかれば、一発でバレてしまうと思ったからだ。

価格の高さが言い訳になるわけではないけれども、果南がくれたシャンプーはおそらく高価なものだった。ターコイズブルーのボトルに、必要最低限の英字だけが書かれた高級感のあるデザインのもので、シャンプーの匂いも、今までに俺が使っていたものとははっきり違っていた。これを使うと髪のくせが抑えられて、朝の髪型のセットが非常に楽になった。くせ毛の俺にとっては救世主のような存在だったが、そんな実用性と、彼女以外の女の子から他意を持ってプレゼントされたシャンプーを、常用していいかは別の問題だろう。

「えへへ……親友はくせっ毛だから、気に入ると思ってたんだ。私もくせっ毛だから、中学生の時にお父さんにくせっ毛用のシャンプーを買ってもらって、それがすごく良かったから、同じ奴《やつ》を君にあげたんだよ!」

果南はファザコンであり、高校二年生になった今でも、父親と一緒にお風呂《ふろ》に入っていると言っていた。人の家庭のことをとやかく言いたくはないけれども、果南がちょっぴり世間擦れしているのは、その父親の影響が少なからずあると思う。

「果南が今、使っている奴《やつ》とは別なの?」

と俺は聞いた。すると果南は言った。

「別のシャンプーだよ。シャンプーはお父さんのチョイスだから、気分を変えたいっていう理由でよく変わるんだ」

それから果南は、ふと名案を思いついたかのように目を輝かせた。

「折角だから……お揃《そろ》いにする? ペアルックにしちゃう?」

果南がそう言った途端、ルインの方向からただならぬ視線を感じたが、決してそのことは意識しないようにした。

俺はなるべく冷淡さを取り繕った口調で、だが果南を怒らせない範囲の声色にして、つまりは結局、普通の言い方でこう言った。

「あ……いや、遠慮しとくよ」

すると果南は上機嫌にこう言った。

「だよねー。今の匂いも親友にぴったりだもんねー」

果南はふたたびぎゅ〜っと俺の腕を摑《つか》んできた。理性を狂わせそうなほどに柔らかで大きな乳房が、俺の腕を無造作に包み込んでいた。相変わらず人目に晒《さら》されていて、俺は針のむしろにいる気分だった。

そんな俺を、ルインが不安そうに見ているのが目に入った。

ルインは積極的な行動を好む女の子だから、俺と果南がこんな怪しいコミュニケーションをしていたら、すぐに理由を問い詰められるものだと思っていた。

というか内心では、いっそ問い詰めて欲しかった。その結果、恋人関係が破局を迎えるとしても。俺がやったことは、本来は裁かれるべきことだからだ。

ところが実際は、ルインは俺と果南が変な関わり方をしていても、ただ弱々しい表情で見つめてくるだけだった。目の前の現実を、頭の中で否定しているみたいに。事実を認めたがっていないみたいに。いずれ俺から納得の行く説明がなされるのを待っているみたいに。まるで普通の困った女の子みたいに。

ただルインの柔《やわ》な態度は、少なくとも果南には逆効果のようで、彼女はルインに怒られないのをいいことにどんどん増長していって、ついに今日、ルインの目の前で俺と腕を組んでみせるという暴挙に出たのだった。

果南とのデートから一週間以上が経《た》って、ちゃっかり一週間分、事態は悪化していた。

ルインとのコミュニケーションの頻度も減っていた。ラインでどうでもいいやり取りをしたりはするけれども、それだって、お互いの本心を書いてはいない気がした。

以前のデートで話した「俺がルインと同じ塾に入る」という提案だって、今ではなんとなく有耶無耶《うやむや》になっていて、どちらもその話をしなくなっていた。

12　ルインの視点　—Ruin's Perspective—

昼休み。

ルインは桃谷《ももや》沙織《さおり》と江崎《えざき》由奈《ゆな》の二人と共に、弁当箱を持ってピロティホールに向かった。

何気ない会話の最中に、知らず知らず浮かない顔になってしまっていると、ふと桃谷が言った。

「ルインと宮澤《みやざわ》くんの仲ってどうなってるの？」

さり気ない聞き方だったが、その声にはどこか真剣さが込められていた。

「どうなってるって？」とルインは聞いた。

「朝、廊下で見たんだけど……その、宮澤くん、別の女の子と怪しい感じじゃなかった？」

桃谷は早朝の廊下で、宮澤恒《わたる》と蔦原《つたはら》果南《かなん》が腕を組んでいるところを見たらしかった。

「そうなの？」

と江崎はふしぎそうに聞いた。彼女は早朝の件を知らないようだ。

「うん……あの子は誰なの？」

と桃谷は訊《たず》ねた。

「蔦原果南っていう、ワタの部活の友達なんだけど」

とルインは答えた。自分も映像研究部の部活動に参加したことがあることや、自分が果南の彼氏である青崎《あおさき》先輩と関係を持っていたこと、青崎先輩と果南は先々週に別れたことなどの、副次的な情報が色々と頭に浮かんだが、それらは口に出さなかった。

「……蔦原って誰だっけ」

そう言って桃谷は首をかしげた。果南は影が薄く、また中高一貫校の、高校からの編入生のため、彼女のことを知らない生徒は珍しくなかった。

すると、思いも寄らず江崎由奈が口を開いた。

「編入試験で入ってきた子でしょ。背が低くて、ちょっと小動物っぽい感じの」

どうやら江崎は果南のことを知っていたようだ。ルインはそのことを意外に思った。

ルインは以前、青崎に「ルインと同じ学校の、蔦原って子と付き合ってるんだよ」と初めて教えられた時、全く顔を思い出せなかったし、記憶にも定着しなかったのだ。

「モモは面倒見がいいように見えて、人の顔と名前をあんまり覚えないからなあ」

江崎はそう言って肩をすくめた。笑いが起きたが、ルインの感覚としては、桃谷の方が多数派で、江崎の方が少数派だった。

「で、蔦原と宮澤が何をしてたの？」と江崎は聞いた。

桃谷は伝えていいものかという、わずかな逡巡《しゅんじゅん》を感じさせる間の後に、「宮澤くんとその子が腕を組んでて」と言った。

「腕？」と江崎は言った。「何それ。浮気《うわき》じゃん」

「普通に考えるとそうなんだけど」

ルインは認めた。象徴的な意味を考えればそうなる。

「でも果南ちゃんって、ちょっと変な子なんだよね」とルインは言った。それからすこし反省して言った。「あ……これ、陰口っぽいかな。どう説明したらいいかわかんないんだけど」

「まあ、変な子だよね」

と江崎はあっさり認めた。そんなことは前から知っているというふうに。

ルインはやっぱり疑問に感じて、江崎に聞いた。

「果南ちゃんと何か関わりがあるの？」

「いや、何もないけど。もう高校二年生なんだから、編入生がどんな子かって大体わかるでしょ」

本当かな？　とルインは思った。高一の時、私とユナは同じクラスだったから、果南ちゃんとも別のクラスのはずで、果南ちゃんを詳しく知る機会なんてなかったと思うけれど。

ルインがそんなことを考えていると、桃谷が思い詰めたように言った。

「こんなことを言うのもなんだけど、人前で彼女じゃない子と腕を組むって、やっぱりおかしいと思うし――」

そこで一旦、言葉を区切った。ちょっと早計かもしれないが、宮澤恆と別れることを勧めようかと桃谷は思ったようだ。

「ルインはどうしたいの？」

と、桃谷の話を引き継ぐように江崎が聞いた。

ルインはすこし考えてから、しかし心は決まっているというふうに、はっきりと答えた。

「私はまだ様子を見てみたいし、別れるとか別れないとかいうことは、考えたくない」

結論を急ぎすぎるのは良くないとルインは思った。いつもの自分ならば、もっと即断即決で彼氏と別れたりする。でも今はそうしたくなかった。

「だって……私たちってつい最近付き合ったばかりなんだよ。こんなにも簡単にワタが私を裏切るとは思えないよ」

とルインは続けた。口にしながら、自分で自分の言葉に納得した。

そうだ。私はワタに対して、今までに感じたことがないような感情を覚えている。もっとこの感情を、そこから生まれる確信を、信じたっていい。

果南ちゃんはちょっと距離感のおかしな子で、ワタはそれを拒みきれずに困っている。その状態がずっと続いている。ただそれだけのことかもしれないし、そっちの方が中立的な考え方かもしれないのだ。

するとと江崎はうなずいて言った。


「ルインがそうしたいなら、そうするといいよ」

「うん、そうする」

「疲れを取りたい時には、お香がおすすめだよ」

「ユナは意外と趣味がおばあちゃんっぽいからなぁ」と桃谷は苦笑した。

「えー、そんなことないよ」と江崎は心外そうに言った。

「パワーストーンを腕に巻いたりはしないよね？」とルインは茶化して言った。

「そんな嘘《うそ》くさいものは着けないよ」江崎は頬杖《ほおづえ》をついて、困ったように言った。「着けるとしたら、もっと効果のありそうなものにする」

「どんなもの？」

「式神とか？」


女子高生らしく、適当な会話が始まったのだとルインは思った。こういう時、ユナは真面目な顔をしてふざけたことを言ったりする。

話題が変わって、そこからルインと恆の話には戻らなかった。

そうだ。

私はワタを信じたいと思うし、信じるためのエネルギーを充分に持っている。

ワタを信じよう。

きっと今直面している困難は、話し合えば解ける誤解の一種で、本当の裏切りなんて一つもないはずだから。

13 君にとって永遠の私 –I'm Eternal to You–

その日も、映像研究部の部活があった。

元々、映研の部活動は週二回だったが、今では週五回になっていた。まるで強豪校の運動部みたいなハードスケジュールだ。映研の活動でやることなんてないのに。

いや、全くないと言うと嘘《うそ》になる。本当は毎日やっていることがあるのだ。だがそれは、高校生がやることとしては決して奨励されない行為だ。

部室に入る。

改めて見ても散らかった部屋だ。様々な本や漫画やＤＶＤが床に散らばっていて、くしゃくしゃのカーペットがその下に敷かれている。

そのカーペットに、俺は先週小さな染《し》みを作ってしまった。

染《し》みの理由は、精液だった。慌てて拭いたのだが、水拭きだと落ちなかった。とはいえ、こんな汚いカーペットに染《し》みが一つ増えたところで、誰も気づきやしないだろう。

部屋の中央には壊れかけのソファがある。

ここで俺と果南《かなん》は、何度もセックスをした。

正常位、騎乗位、側位、対面座位、後背位、思いつく体位はだいたい全部試した。制服でもやったし、裸でもやった。挿入はもちろん、胎児のように体を丸めて、お互いの性器を口で刺激し合うシックスティナインという行為もやった。

壊れかけのソファなので、揺らすとギシギシという音が鳴る。音が鳴ると背徳感で俺の陰茎が膨張するらしく、果南はふざけて激しく腰を打ち付けて、あえて大きな音を鳴らして笑ってきたりした。

ソファの前にはスクリーンがある。

アニメばかりを流していたこのスクリーンだが、今ではハメ撮り映像を再生するのに大活躍している。果南はセックスするたびに記念の映像を撮っていて、翌日の活動の時に切り抜いたものを再生してくる。見るとムラムラしてくるので、昨日の続きのようにサカり始める。その繰り返しだった。

壁にはたくさんの、日に焼けた映画のポスターが張られている。

経年劣化で自然と取れてしまったものもあるが、実は先週と比べて一枚多く剝がれてしまっている。それはこの壁を使って立ちバックをした時に、果南が勢い余って『日曜日の恋人たち』のポスターを引き裂いてしまったからだ。

ポスターの横には倒壊しかけの本棚がある。

ここに俺たちはアダルトグッズを隠している。その中には俺が果南に使われて、もう射精をさせてくれと彼女に泣く泣く懇願したバイブレーターがある。果南をイかせたピンクローターも。

窓の外には校庭があり、複数の運動部が練習しているところが見える。

それを眺めながら、スクール水着を着た果南とセックスしたこともある。

その日はプール開きだったから、果南の水着には塩素の匂いが付いていた。水着も濡《ぬ》れたままだったから体を重ね合わせるたびにぺちゃぺちゃという水気のある音が鳴った。「エロいね」と果南が言って、どこか遠くから吹奏楽部のサクソフォンの音が聞こえてきて、そしてなんとなく、今この瞬間に時間が止まればいいのにと俺は思った。そうすれば、色んな難しい問題について頭を悩ませずに済むだろうから。

今日もソファに果南は座っていた。彼女の定位置だ。

来たくて来たわけじゃない、と俺は自分で自分に言い聞かせた。

俺が律儀《りちぎ》に部室に通っているのは、そして毎日のようにここでセックスをしているのは、従わないと動画をばら撒《ま》くと果南に言われているからだ。つまりは脅されているだけだ。

頭ではそう考える。だが既に腰の辺りは小火《ぼや》が起きたかのような熱を帯びている。

果南を目にしたことで、ホモ・サピエンスのオスとしてのスイッチが入って、一刻も早く目の前のメスに子種を注ぎ込めと、本能が俺に命じているみたいだった。俺はその衝動を抑えつけながら、なんとか平静を保っている状態だった。

果南はやや勿体《もったい》ぶったような動きで振り向くと、俺に言った。

「やあやあ、親友……。今日もちゃんと部活に来たみたいだね。そんなにも君はこの部活で、過酷にやりたいことがあるのかい……？　過酷に出したいものがあるのかい……？」

俺は内心で、脅されているからだ、とふたたび唱えた。

果南は俺の心情を見透かしたような目つきで俺を見ると、こう続けた。

「大丈夫だよ。私は君のやりたがっていることを笑わないよ。親友と同じことを、私も過酷にやり込んでいるからね……」

果南は飼い犬を呼ぶみたいに、自分のソファの座面をとんとんと叩《たた》いた。俺は無言でそこに座った。

ソファが軋《きし》み、ぎしりという音が鳴った。

それだけで条件反射のように、体の奥底から熱い情欲が湧き上がってきて、腰のそわつきが増したような気がした。もう俺の脳みそは、このソファをハメる場所だと学習してしまっているらしい。

隣にいる果南の、火照《ほて》ったような体温を感じる。

以前の果南はこんなにも体温が高かっただろうか？　俺たちは四月から、部活のたびに二人きりで、ここに並んでアニメや映画を見たり、だらだらとゲームをしたり漫画を読んだりした。

その時にこんなふうに、彼女の体温を印象的に感じたことがあっただろうか？　発情しているのかもしれない。
無い気がする。だからもしかすると、今の彼女も今の俺と同じように、発情しているのかもしれない。

俺も果南も、直《す》ぐに自分からセックスをしようとは言い出さない。どうせおっ始《ぱじ》めるのは同じなのだが、まず駆け引きをする。そうしないと、猿みたいにただ快楽を求めてヤっているのと同じだからだ。人間と猿の違いは、セックスに駆け引きという名の調味料を入れられるかどうかだ。

「今日はこの映像を見よう、親友」

そう言うと、果南は既に再生の準備ができていたらしい映像をスクリーンに投影した。

今日は月曜日だから、先週の金曜日のハメ撮り映像だろうかと俺は思う。

だが果南の用意した映像は違っていた。

激しい手ぶれからその映像は始まった。

ぶれぶれの映像の中に、白いベッドシーツと、人間二人が見えた。そのうちの一人は撮影者だろう。撮影者が過《あやま》って映り込んでしまったという映り方だからわかる。

もう一人は男だった。男はベッドの上で横になっている。女はベッドの上で座っているようだが、今のところ正しい位置関係はわからない。

やがてカメラの位置が落ち着く。やや上方向、白い壁紙の貼られた天井の梁《はり》が映るような角度でカメラが止まる。

止まると言っても手持ちカメラだから小刻みにぶれている。特に上下方向には定期的に大きくぶれる。どうやら撮影者が上下方向の運動をしていて、カメラもそれに釣られて動いているようだ。

その安定しないカメラは、おそらくはベッドの上にいて、上下方向の運動をしている撮影者の視点から、室内全体をぐるりと撮影していく。等速で横方向へ。手ぶれをしていることを除けば、極めて事務的なカメラワークで。

部屋には見覚えがある。それは俺とルインが初体験をした小綺麗《こぎれい》なレンタルスペースだ。広めのワンルームに、大きなテレビとソファとベッドが配置されている。俺とルインにとっての思い出の場所であると同時に、俺と果南が一線を越えてしまった場所でもある。

やがてカメラが男を映し始める。

男の下半身は裸だった。

部屋を映している時とは違って、明らかに撮影者の思い入れが感じられる。冴《さ》えないその男が、なるべく男前に映るような角度を無意識的に選んでいる。

男は目を瞑《つぶ》りながらスマートフォンで通話をしている。録画されているとも知らず、その男が言う。

『もしもし、ルイン。どうしたの？』平静を装《よそお》っているが、彼を取り巻く状況が記録されていることの映像の中だと、ひどく滑稽に見える。『あはは、何それ』

カメラがふたたび上下に動き始める。撮影者が腰を振り始めたのだろう。

ぱんぱんと、肌を触れ合わせる音がする。音が鳴るようにあえて激しく動いているのだと思う。通話口から入る物音をごまかすために、男は『気のせいだよ』と、怯《おび》えて声を上ずらせている。

果南は映像を再生しながら言った。

「改めて見てみて、どうだい？」

「同じ映像を、先週何回も見せられた」と俺は口を尖《とが》らせた。

「土日を挟んだから、復習しておいた方がいいと思ったんだ」

スクリーンに映し出されているのは、俺と果南が初めてセックスをした土曜日の映像だ。

あの日俺は、最初から最後までずっと目を瞑《つぶ》っていた。だから果南がカメラを回していただなんて気づかなかったのだ。

『昼寝？　眠かったの？』

と映像の中の俺が言った。

カメラが上下に動く。そのたびに水気を帯びた抽送《ちゅうそう》の音が聞こえる。艶《なま》めかしい声がどんどん大きくなる。果南のカメラワークも安定してきて、もうこれは、騎乗位をしている果南の視点から撮った、俺と果南のセックス映像なのだということが、誰が見ても明らかになる。

果南は愉《たの》しそうに俺の様子をうかがうと、はしゃいだ声で言った。

「君が私の言うことに逆らった時、この映像が藤代《ふじしろ》さんに送信される」

「………………」

「いや……正確に言うと、この映像を含むたくさんの映像が、藤代さんに一斉送信される。私はプログラミングスキルを持っているからね。まあ元はと言えばエロゲーを作るために鍛えたスキルなんだけど……。ともかくスマートフォンをワンタップすれば、大量のハメ撮り映像が藤代さんに向かって突撃していく」

俺は内心の怯《おび》えを押し殺しながら、抑制的な声で言った。

「そんなことをしたら、果南だって無事じゃない。むしろ果南の方が危険だよ」

果南はふふふ、と笑った。その危険性が楽しいとでも言うかのような。

「そうだね。もしも藤代さんが逆上して、この動画を実名付きでネットにアップロードしちゃったりしたら、私の一生の恥、デジタルタトゥーになっちゃうかもね？　そうしたら男性である君よりも、女性である私の方が、たぶん被害が大きいってことはわかるよ。物心ついた時からインターネットをしている私には、当たり前に想像できるよ。でもね、私はそういうことはもう気にしないことにしたんだよ。君を私のものにすることができれば、私の名前の付いたハメ撮り映像が永遠に電子の海から消えなくなったっていい。そう思うことにしたんだよ」

これと同じことを先週の果南は言っていた。意見が変わってくれていればいいと思っていたのだが、果南の気持ちは変わらないらしい。

第一の動画はクライマックスを迎える。ルインとの通話に困って、狼狽《うろた》えている俺を前にして、果南が舌出しピースの自撮りをする。

普段の彼女ならば決してやらないおどけたジェスチャーだったが、その動作は意外なほど彼女に似合っていた。舌出しピースが似合うあどけなさと目の大きさと舌の綺麗《きれい》さを彼女が持ち合わせているからだろう。

次に画面が真っ暗になる。果南がスマートフォンをベッドの上に置いたのだろう。

映像的な動きがなくなった代わりに、音が大きくなる。水気のあるものを叩《たた》き合《あ》わせるような激しい抽送音《ちゅうそうおん》と、果南の獣のような喘《あえ》ぎ声《ごえ》が聞こえてくる。

ぶつ切りのように動画が終わる。

これを見るたびに俺は思う。

まだこの動画だけなら――と。

続けて果南は二本目の動画を再生し始める。

こちらも、何度か見せられた動画だ。

まず果南の部屋が映る。この映像は先ほどの映像を撮った翌日の、日曜日に撮られたものだ。

初デートの日の夜、果南はとてもしおらしい態度で日中の非礼を詫《わ》びた。

――私は君が好きだ。誰よりも好きだ。だが好きな気持ちが暴走してしまって、昼間は君にとても申し訳ないことをしてしまった。本当にどう謝っていいものかわからない。君の恋人になることはもう諦めるし、他人になりたいと言われても受け入れるしかないと思う。

ただ……もしも君にまだ、私のことを友人として慕ってくれる気持ちがあるのなら、私のことを許してくれる気持ちがすこしでもあるならば、明日の昼間に私の家に来て欲しい。そこで腹を割って話し合おう――。

確かこんなことを言われた覚えがある。

こんなことを言われたら、果南の友人として、俺には彼女の家に行く以外の選択肢は採れなかった。果南も冷静になってくれたのだから、彼女の家で正直に話し合えば、俺たちは「親友」に戻れるさ――と、そんな甘っちょろいことを考えていた覚えがある。

だが見当違いだった。彼女の言葉は最初から最後まで全て嘘《うそ》であり、俺を彼女の家に誘い込む口実以上の意味を持っていなかった。

果南の住居は白いコンクリート造りのマンションの一室だった。

マンションはやや築年数が経《た》っていて、外壁は色褪《いろあ》せてミルク色になっていた。そこにある2LDKの部屋が果南の住まいだった。

事前に果南から『お父さんが重度のオタクで、美少女フィギュアをコレクションしていて、R―18のものでも構わずに家に飾っている』という話を聞いていた。

だからそういったオタクの部屋、いわゆる痛部屋《いたべや》のイメージを持って家に行ったのだが、果南の家は俺の想像を遥《はる》かに超えた痛部屋《いたべや》だった。

玄関の靴箱の上からして、ちびフィギュアや、キーホルダーやカードや、アクリルスタンドやクリアファイルなどのグッズが雑多に並べられていた。果南のものか果南の父親のものかはわからないが、ともかく置き場所がなくて暫定的に置かれているという感じだった。タペストリーやポスターや抱き枕カバーも、おびただしいくらいに飾られていて、その中には局部こそ隠れているが、スカートがめくれていたりパンツが見えていたりするものが多くあった。この家に客が来ることは想定されていないのかもしれない。

玄関もすごかったが、果南の部屋はさらに壮絶だった。彼女の部屋には何十枚という裸の女の子を描いたタペストリーが張られていた。

あるタペストリーでは、後ろ手に縛られた全裸の女の子二人が、とろけた顔をして乳首を合わせていた。またある一枚では、首輪を着けられた、天使の羽が生えた女の子のヌードが描かれていた。またある一枚では、白衣を着た女性が、四《よ》つん這《ば》いの裸の少女をペットにしていた。他のタペストリーもだいたい同じような絵が描かれていた。

成人向けゲームのグッズが多いように思えたが、その方面に詳しくない俺には、詳細はわからなかった。ともかくその部屋は、おびただしい数の女の子の裸のイラストで埋め尽くされていた。

勉強机の上にも裸のフィギュアが置かれていた。もちろんかなり場違いな印象があった。鉛筆削りと地球儀の間にはM字開脚をしているサキュバス風の女の子のフィギュアがあった。

記憶と同じ部屋が、映像研究部のスクリーンに映っていた。

映像の中にいる俺は、どこか浮《うわ》ついた表情をしていた。こんな部屋の中にいるのだから、落ち着かなくなるのも当たり前だろう。

異空間に迷い込んだ気持ちになったことを覚えている。果南の部屋にいるだけで、そこにある大量のオタクグッズに圧倒される思いがした。

正直、楽しさもあった。オタクの一人として、過剰な痛部屋《いたべや》を見るとテンションが上がるものだからだ。ディズニーランドに来たような気持ちだと呑気《のんき》に思った覚えもある。非日常を感じるという意味では同じだが、そのベクトルは大きく異なるだろう。

映像がセルフィーの形式に切り替わる。

俺の隣に果南が映る。

この日の果南は、猫耳を着けて髪型をサイドポニーにして、過剰に装飾された白いカーディガンを羽織り、真っピンクのニーソックスを穿《は》いていた。カーディガンの下には白いレースの、ビキニスタイルの衣服を着ていたが、布の面積が少なく、ほとんど下着のように見えるものだった。いや、下着よりもよっぽど露出度が高いものだった。ブラは乳首だけをかろうじて隠しているくらいの大きさだったし、パンツも小さくて、鼠径部《そけいぶ》に沿った三角形型の溝が見えているくらいだった。

果南は「迷惑をかけたお詫《わ》び」だとか言って、俺がプレイしているソーシャルゲームの推しキャラのコスプレをしていた。それも実装されたばかりで評判が良く、SNS上でもかなりホットな話題となっている新規コスチュームを着ていた。俺は果南らしく世間ずれした行動で、むしろ微笑《ほほえ》ましいくらいに思っていたのだが、今思うと彼女はストレートに俺を欲情させるためにその服を着ていた。

映像の中の俺は、なぜ自分が撮影されているかがわからない、という顔をしていた。

確かこの時、俺は本当になんでもないタイミングで、唐突にスマートフォンのカメラを向けられたのだ。

果南に理由を問いただしたが、あまり納得のいくことは言われなかった気がする。

果南はコミュ障だから上手《うま》く説明できないだけで、何かしら筋の通った理由があるのだろう……と俺は思っていた。

まさかハメ撮りのプロローグ用に撮られているだなんて思わなかった。

俺の記憶によると、この映像はあと二十秒くらいで別の映像へと切り替わる。

切り替わって欲しくはないが切り替わってしまう。

二十秒が経《た》ち、映像が切り替わる。

映像の中の男は、撮影している女の子に向かって、正常位で激しく腰を打ち付けていた。滑稽なほどに必死な形相で。

映像を撮っているのはもちろん果南だ。果南の顔は画面には映らないが、とても嬉《うれ》しそうな顔をしていた覚えがある。まるで世界中の幸福が雨となって彼女に降り注いでいるかのような表情だった。それが撮影されていないことは、ストレートに残念だと思う。

なぜ俺は手を出してしまったのだろう。

果南に欲情させられてしまったから……というのは、あまりにも被害者じみた言い分だろう。セックスは、男が女のヴァギナにペニスを挿入しなければ始まらない。そしてペニスを挿入したのは俺だ。凶器はナイフで、ナイフの所持者は俺だ。その点で、どこにも弁解の余地はない。ただ、これだけは主張したい。

同じ状況に置かれた人間が他にいたとして、容易《たやす》くあの欲情を抑えつけられたとは思えない。大きな目で見れば、俺はただ我慢が足りなかっただけかもしれない。しかしあの日感じたのは、よく設計された機械仕掛《じか》けの欲情だった。それは蔦原《つたはら》果南という女の子が、天賦の才で作り上げた芸術作品的な欲情だった。美少女ゲームの裸のタペストリーから始まり、指を一本滑り込ませるだけで脱げてしまいそうなアダルトなコスプレを経由し、肉の喜びに着地する、そんな完璧に設計されたオーケストラ的な欲情だった。

映像の中の男……つまり俺は、カメラを向けられて、困ったような照れ笑いを浮かべていた。確か「記念に」とか「十秒だけだから」とか、理由にもなっていないことを言われて撮影を許した覚えがある。あっという間に録画が始まっていたので、拒む暇もなかったし、どうしたって拒めなかったとは思う。

なんせこの時の俺は、果南の花弁の中に己のペニスを挿し入れて、灼熱《しゃくねつ》の白濁液を吐き出すこと以外の考えが、頭から消え去っていたからだ。

「ウェーイ、見てる～⁉」と果南ははしゃいだ声で言った。その間、カメラは結合部にズームされ、性棒が果南に突き刺さっているところが生々しく映し出されていた。「今、恆《わたる》くんはっ！　彼女でもなんでもない女の子に向かって、必死に腰を振っちゃってま～すっ‼」

この時の俺は気づかなかった。その発言が、果南がルインに宛てたメッセージであるということに。

果南はネットミームをよく口にするから、今もふざけて言っているだけなのだと思っていたのだ。なんという迂闊《うかつ》さだろう。

「親友、ピースしてピース！」

と果南は俺にカメラを向けて言った。

俺は苦笑と共に、カメラの右端の辺りで小さくピースした。ピース自体は小さいが、果南が映像に収められるように、している時間そのものは長かった。

もしも過去の自分を殴ることができるならば、この時の俺こそを殴ってやりたい。ただ殴るだけではなく、ワンツーと二回殴って、スマッシュまで打ち込んでやりたい。

どうして頼まれるがままにピースなんてしてしまったんだろう。こんな映像を撮られてしまっては、もう果南との関係について、一切の言い逃れができないではないか。

だがここ一週間で知ったことがある。それは男性は射精の寸前になると、脳みそが冬の日の陰嚢《いんのう》のように収縮し、頭がバカになるということである。

またカメラが引きになる。

必死に腰を振っている俺の後ろで、ピンク色のニーソックスを穿《は》いた果南の脚が高く上げられた。まるでクワガタの二本の大アゴが動いているみたいだった。

やがてその脚が空中でクロスされ、俺の腰の周りを覆った。

いわゆるだいしゅきホールドの姿勢のまま俺は射精した。

それで映像は終わる。

これを見るたびに思う。

「ここで終わっていれば」と。

もちろんこの映像だけでも、とんだ醜態である。果南がルインに宛てた「ウェーイ」という煽《あお》り文句《もんく》と共に腰を振っているし、ピースもしているし、最後にはだいしゅきホールドと共に射精をしている。武士だったら切腹しなければならないだろうと思うほどに、無様な映像である。

だがここで終わっていれば、さらなる映像を撮られずに済んだのだ。

果南が撮った映像はまだ続いている。月火水木金とプレイがエスカレートしていく。

月曜日の映像が再生される。

俺は部室のソファの上で、無様にM字開脚の状態で拘束されている。

装着されているのはフェイクレザー地に金属の付いた拘束具で、果南が個人的な趣味から購入していたアダルトグッズの一つだった。本来は女性向けのものらしいが、サイズを緩めれば男性でも問題なく使用できた。見た目にはちゃちで、果南に装着されている時はいざとなったら外せるだろうくらいの心持ちでいたのだが、着けてみると本当に動けなくなった。

果南は俺の皮を剝《む》き、むき出しの亀頭にバイブレーターを当ててきた。それだけでも痺《しび》れるような快楽が体中を走った。

だが果南はそれしきの責め苦では終わらせてくれなかった。彼女はイきそうになったら寸止めし、達しかけたら中断し、強くして欲しいところで振動を弱めに……と、いつまでも射精をさせてくれなかった。

その日まで俺は知らなかった。快楽は我慢すればするだけ強まるものであるということを。じっくりと時間をかけた快楽は、理性を根こそぎ奪ってしまうということを。

一時間ほど果南に射精を我慢させられた俺は、もはやバイブレーターを当てられるだけで身《み》悶《もだ》えするほどの快感を感じた。器具が接触するたびにむせび泣くような悲鳴を上げ、体中の皮膚にある毛を逆立たせた。

果南に命じられるがままに、俺はいくつもの卑猥《ひわい》な言葉を吐いた。まるで奴隷の服従宣言のように。その言葉を聞きたくなくて、俺は耳を塞いだ。

火曜日はスク水プレイをした。この日がプール開きだったのだ。

火曜日の映像の中の俺は、月曜日の俺ほど辱《はずかし》められることはなかった。とはいえ別の問題があって、それは火曜日の俺は明らかに能動的に果南に腰を振っているということだった。それも校庭の運動部を見つめながら、優越感を感じているふうに。時に優しくディープキスを交わしながら。

この映像を見て、俺が嫌々ヤっていると思う人間はいないだろう。誰がどう見たってノリノリの浮気《うわき》だ。俺が見たってそう思う。

水曜日の動画が再生される。

動画の中の果南は既に俺のペニスを騎乗位で挿し込んでいて、腰を揺らしていた。段々と射精感が高まってきた頃に、ふと果南が言った。

「ねーね、親友はどういうふうに喘《あえ》いで欲《ほ》しい？」

突然の質問だったから、すぐに答えは出てこなかった。

だが果南は答えに当たりを付けていたらしく、続けてこう言った。

「親友の趣味は知ってるよ。だって私たち親友だもんね！　君は汚く喘《あえ》いで欲《ほ》しいんでしょ？　可愛《かわい》い女の子が汚く喘《あえ》ぐエッチな作品が好きだもんね！　じゃあイくね！　のーみそ飛ばすね！」それから果南はさっきまでの三倍くらいの声量で言った。「おっおっおっおっおっおっおおおおほおおおおいいイくイくイくぅ♡♡♡♡　あっあっあっ～気持ぢいいッ!!　イぐイぐイぐ!!　やっべぇ～♡♡　これやべぇ♡♡♡　私たち相性良すぎっ!!　あっあっあっあっあっ♡♡♡　負け負け負けっ♡♡　私の負けぇぇぇ♡♡　イくイくイくイくイきます～～♡♡♡」

「止めてくれ」

俺がそう言うと、果南は動画を停止してくれた。

言うまでもないが……本当に言うまでもないが、果南のオホ声は演技だ。それもかなり大袈《おおげ》裟《さ》な。

しかしこの直後、俺は体感として一・五ガロンくらいの精液をぶち撒《ま》けてしまった。

一・五ガロンとは約五・七リットルのことであり、そんな量の精液が出るはずもないが、気持ち良さとしてはそれくらいだった。精液と同時に脳みそも射出されたんじゃないかと思うくらいに気持ちが良かった。

ものすごい達成感だった。まるで決して叶《かな》わない何かしらの夢想が、偶然にも叶《かな》ってしまったような気持ちだった。

喜びと充足感と虚無と自己嫌《けん》悪《お》が同時にやってきて、俺は射精の後もしばらく放心していた。

残り二本の動画は再生しないでもらった。さらにひどい内容だったったからだ。

計七本の動画からわかったことはこうだ。

果南とのデートから一週間経《た》ったが、その間に俺は何も問題を解決できなかった。ただただ醜態の映像を収集された。

そんな明白な事実を再確認させられ、俺は憂鬱になった。

と同時にこう思った。

こんな映像を送信されたら、ルインにフられるだけでは済まない。

この動画が明るみになった時、たぶんルインは俺をフるだけではなく、軽蔑するだろう。数日でも俺と付き合ったことを、恥とさえ考えるだろう。口汚く罵ってくるかもしれない。そうされたって文句は言えないことを、俺は動画の中でやっている。

ルインに軽蔑されたら、俺は単純にフられるよりも、もっと傷つく。

だがこのシミュレーションも、まだ最悪ではない。

もっと悪いことが起きる可能性がある。

もしも……何かの間違いで、この動画が俺でも果南でもルインでもない、第三者に渡ってしまったらどうなるだろう。

可能性はなくはない。この動画を受け取ったルインが——もちろんルインはそんなことをしないだろうけど、果南だってこんなことをするとは思わなかったし、誰だって魔が差すことがあるという考えから——復讐《ふくしゅう》のつもりで、この映像をネットにアップロードしたら。もしもルインが他の友人に送ったものが、伝言ゲーム式に広まっていったら。俺のなにかしらの行動が果南の逆鱗《げきりん》に触れて、捨て鉢になった果南が制裁のつもりでクラスのライングループに動画を貼り付けたら。スマートフォンを誤タップしたら、ハッキングされたら、スリに遭ったら……そんな〇・〇〇〇一パーセントくらいの最悪な事態はいくらでも思いつく。

そんなことが起きたら、俺はこの学校にいられなくなるだろう。クラスメイトからの嘲罵を一身に浴びるだろう。

そもそも校内で性行為をしていたことがバレるわけだから、なんらかの校則に抵触しそうな気もする。となると、教師から直々に停学や退学を言い渡されたりするかもしれない。

学校にいられなくなるだけなら、まだマシかもしれない。

だがもしも、この動画がネットの海に拡散されたらどうなるだろう？

これはただのハメ撮り動画ではない。めちゃくちゃ気持ちが悪いオタクのバカップルの情交記録なのだ。認めたくないが、そう見えることは確かだ。オホ声で喘《あえ》がれて、体感にして一・五ガロンほどの精液をぶち撒《ま》けている俺と果南の性行為はそうとしか見えない。

そんなものが実名付きでもしも世に出たら。いくつもの〇・〇〇〇一パーセントの確率を通り抜けたら。下手をすれば俺は一生笑いものだろう。俺自身がネットミームになる可能性もある。だが宮澤《みやざわ》恆というネットミームは、決していい意味を持たないだろう。

そんな色んな可能性を考えていくと、果南との関係は、もはやルインとの恋人関係の話だけでは収まらない。

蔦原果南という、このサイコパスの変態女の機嫌を損ねた瞬間に、俺の人生が崩壊するという、そんな理不尽なゲームを仕掛けられている気分になってくる。

「じゃあ、今日も始めようか……」

と果南は言った。そして慣れた手つきで俺の制服のベルトを外し、ズボンを下ろし、躊躇《ためら》いなくパンツも下ろした。

果南は俺の、まだ皮をかぶっているペニスに鼻を当て、すんすんと臭いを嗅いでから言った。

「親友は、土日はオナニー禁止っていう約束は守った？」

ああ、と俺は言った。

「私も守ったよ」

と、果南は黒い瞳で俺の瞳を覗《のぞ》き込《こ》みながら言った。

果南のために約束を守ったわけじゃない、と俺は心の中で思った。

むしろ逆だ。最初は約束したからこそ反故《ほご》にしてやろうと思っていた。何もかもが果南の思い通りになるわけじゃないということを、こういった小さい部分からでも思い知らせてやろうと思ったのだ。

だが何で自慰行為を始めたって、すぐに果南の姿が頭に浮かんだ。どれだけエロい漫画を読もうとも、エロいゲームをやろうとも、エロい音声を聞こうとも、エロいコスプレイヤーの画像を見ようとも、果南のあどけない笑みが、舌足らずな声が、背は低いのに肉付きのいい体が、その感触が、湿った性器の温かさが思い浮かんだ。

射精へ近づいていくと同時に、目の前にあるアダルト作品のイメージは意識の外へと追いやられ、逆に果南のイメージばかりが膨らんでいった。

これでは何を使ったって、果南でオナニーをしているのと変わらない。果南と性行為をして精液を出すだけならともかく、果南がいないところでまで彼女を思って精液を出すのは、ある種の心理的な屈服に思えた。だから自慰をしなかった。

ただ二日間性交をしなかった分、どろりと性欲は溜《た》まり、俺の下腹部をぐつぐつと煮えたぎらせていた。

果南と毎日セックスするようになってからは、性欲そのものが増進していて、にもかかわらず二日も射精を止めたのだから、その反動としての劣情もそれ相応だった。

「親友はどうしたい？」

とペニスに吐息が当たる距離で果南が言った。

果南の目の前には隆々と屹立《きつりつ》した肉棒がある。俺がどうしたいかなんて、言わなくてもわかっているくせに。

「セックスしたいよ」と俺は端的に答えた。

果南は何も言わずに、ただ丸い目でじっと俺を見つめてきた。俺の次の言葉を楽しみに待っているという様子で。

「だから……セックスだよ」俺は投げやりな口調で言った。「俺はセックスがしたいんだよ」

果南は唇を微笑《ほほえ》みの形に変え、しかし声に出して笑ったりはせずに、こう言った。

「いいのかな？　私は親友の彼女でもなんでもないんだよ？　そして君には藤代さんという素敵な彼女がいるんだよ。その彼女を差し置いて、彼女でもない私にセックスしたいと懇願するなんて、一体どういう了見なんだい？　イカれてるのかい？」

「いいだろ。もうわかってるだろ」俺は果南の質問をぶった切って言った。「ともかくヤらせてくれよ。果南だってヤりたいんだろ」

果南はふふふと笑って、素晴らしいクズっぷりだね、親友、と俺に言った。

それから果南はスマートフォンのカメラを俺に向けた。録画を開始したのか、ピロンという音が続けて鳴った。

俺はカメラレンズを挑発的に睨《にら》みながら言った。

「なんて言えばいい？　なんて言えばヤらせてくれる？」

もう、ルインと俺を別れさせるどころか、俺の人生を丸ごと終了させられるほどの醜態を撮影されているのだ。もうこれ以上、どんな動画を撮られようが関係ない。今はただ果南の膣肉《ちつにく》の中に射精するという、爛《ただ》れた欲望を満たしたい。

そんな堕落した俺の心情が伝わったのか、果南は満足げにうなずくと、こう言った。

「私、そろそろあの言葉が聞きたいなー」

「なんだよ」

「言わなくてもわかるでしょ。あの言葉だよ」

「わからない……けど、なんだって言ってやるよ」

「じゃあじゃあ」果南は面白がっているような視線で、カメラ越しに俺を見ながら言った。

「『俺はルインと別れる。果南と付き合う』って言って欲しいなー」

俺は言葉を失った。なんでも言うとは言ったが、そんなことを言わせるつもりなのか。

果南は唖然《あぜん》としている俺を見て、にやりと白い歯を覗《のぞ》かせた。

「『学校一の美少女と付き合うよりも、その辺の陰キャの女の子のおまんこに、毎日おちんちんを突っ込んで、パコパコ腰を振る方が楽しいです』……そう言って欲しいなー」果南は甘えるような声で言った。「だって君は、実際にそう思ってるでしょ？」

果南のことを『その辺の陰キャの女の子』とは思ってないし、果南みたいな子がそこら辺にいてたまるかとは思うけれど、そういった言葉遣いは果南の自己評価の低さが表れているだけだから気にしないとして、果南の言うようなことを最近の俺が実践してしまっているのは確かだった。

だが実際にしてしまっていることと、カメラの前で高らかに宣言することは別だ。前者はまだ釈明の余地があるが、後者にはその余地がない。

「ほら……ほら……。早く言ってよ」と果南は息遣いを荒くしながら言った。彼女はスカートの上から、自らの下腹部を左手でぎゅーっと押さえつけていた。「今更こんなことを言うくらい、どうってことないでしょ？　この言葉を言おうが言うまいが、もう何も変わりやしないんだから」

確かにそうだ。恥の上塗りという言葉があるが、俺はそれを何回もやっていて、これ以上塗る場所がないような状態になっているのだ。

だが本当に言ってしまってもいいのか？

実質的には同じだとしても、公然と謳《うた》い上《あ》げてしまってもいいのか？

大勢に影響がないとしても、言葉にしてしまってもいいのか？

だが俺の葛藤とは裏腹に、ペニスは鋼鉄のように硬くなっていた。

どうやら俺のペニスは、果南に屈辱的なことを強制されているだけで、喜びのあまり激しく興奮しているらしい。耐え難《がた》き屈辱と抑《おさ》え難《がた》き快楽は、最早《もはや》俺の下半身において、密接にリンクしてしまっているのだ。

そうさ、別に言ってもいいさ、と俺は思った。

今更ちょっぴり意地を張ったところで何も変わらない。果南が誰かに送信しない限り意味を持たない映像が一つ増えるだけだ。そんな映像はもう何本もある。

それに……たった一言口にするだけで、俺はこの、二日も禁欲してはち切れんばかりになった赤黒い獣棒を果南の中にぶち込める。彼女の肉襞《にくひだ》に思う存分自らの亀頭を擦《こす》りつけて、無上の喜びの中で射精できる。

言葉にしようとすればするほど、ペニスの硬化は強くなった。まるで俺に正しい行動を教えてくれている羅針盤のように。

「わかった、言うよ」と俺は言った。

果南は嘲るような笑みを浮かべ、無言で俺にカメラを近づけた。

一気に言い切ってしまうつもりだった。その方が早く楽になれると思ったからだ。

「俺はルインと――」

だが無意識的に、そこで言葉を区切っていた。次の言葉が上手《うま》く出てこないのだ。

「俺はルインと――」

ふたたび言い直した。だがやはり続きが出てこなかった。別れるの「わ」が言えないのだ。まるで肉欲よりももっと奥深くにある、心の深淵《しんえん》の部分が、言葉をせき止めてしまっているみたいだった。

俺が言《い》い淀《よど》んでいることを拒否だと捉えたのか、果南は苛立《いらだ》ったように言った。

「言わないの？」

言わないというか、言えないのだった。言いたい気持ちと、言いたくない気持ちが心の中で打ち消し合って、もう俺自身よくわからなくなっているのだった。

果南はいつも通りの舌足らずな口調で、不満そうにこう言った。

「言わないと、エッチをさせてあげないよ？　君のいやらしいおちんぽ様を私の赤ちゃんトンネルの中に迎え入れて、いやらしくお精子さんをびゅーびゅーさせてあげられないよ？」

果南らしくエロ漫画っぽい言い方をした。そしてその言い方は実際に俺に効いた。興奮が増し、俺の肉棒はさらに怒張し、そり返って天を衝《つ》くようになった。その醜態は果南にも見られていた。

だが心はまだ、彼女の要求を受け入れていなかった。俺は肉体と精神の中間管理職のような気分で、極めて曖昧な口調でこう言った。

「言えない……よ……」

「ふうん……エッチできなくていいの？」

「いい……と思う……」

煮え切らない返事だ。本当はしたくてたまらないみたいじゃないか。

そして実際に、したくてたまらないのだった。だが少なくとも言葉の上では、彼女の要求を呑《の》むことはできなかった。

やはり俺は本心では、ルインと別れたがっていないのだ。

そんな心の最深部が、俺が『ルインと別れる』と口にすることだけは、なんとか阻止したのだと思う。

果南はその言葉を聞いてうんうんとうなずくと、スマートフォンの録画を止めて、ソファの俺の隣に座り直した。

「さすがは親友……私を楽しませてくれるね……。やっぱりエロ漫画のベタとして、簡単に落ちちゃったら面白くないもんね……」

口調こそそうだが、やや不機嫌になったように見えた。やっぱりさっきの俺の発言は、果南とルインのどちらを取るかで、ルインを選んだようにも聞こえるだろうから。

「藤代さんとは別れたくないのに、私の赤ちゃんトンネルの中には、おちんちんをぶち込みたいんだね？」

そう聞かれて、俺は無言のまま小さくうなずいた。一方で俺のペニスは果南のいやらしい言葉を聞いて、尻尾を振る犬のように、激しく身を捩《よじ》って喜んでいた。

「そんなの両立できないよ。当たり前でしょ。イカれてるの？　一体全体、君はどうなりたいの？」

もうほとんど、頭は回っていなかった。止めどない葛藤と欲望と自己否定の中で、俺は半分、思考停止に陥っていた。

ただ果南との初デートの日から、いや、それよりももっと前から、一心に願っていることが一つあって、それを口にした。

「……全てを元に戻したい」

果南は目をぱちくりさせると言った。

「全てを元に戻すってどういうこと?」

「果南とはただの親友同士に戻る。ルインとは何の隠し事もない恋人同士に戻る」

と俺は言った。

不意に果南は無言になった。くりっとした目を大きくして、口元だけを笑みの形にした。子供が笑いを我慢しているみたいな表情だった。

すこしして果南は噴き出して、無邪気な嬌声《きょうせい》を上げた。

「あはははははははは!! きゃははははははははははは!!」

俺は口をつぐみ、しばらく果南の舌足らずな笑い声を聞いていた。あまりにも激しく笑うものだから、声に連動してソファがぎしぎしときしんでいた。

果南は笑い終えると、口の端に笑みを残しながら言った。

「いや……ごめん、笑っちゃったよ。親友があまりにも綺麗事《きれいごと》を言うからさ。自分で自分に嘘《うそ》をつくからさ。現実から目を背けているからさ」

俺は相変わらず黙り込んでいた。なぜだか教師に説教を受けている生徒の気分になった。

「指摘してあげようか。君の本心はこうだよ」と果南は言った。『ただ僕は、毎日おちんちんを気持ちよくしたいです。野生の動物のようにカクカク腰を振りたいです。何も改善しないまま日々を過ごして、最後には派手に破滅したいです』……だよ」

「……違う」俺は反射的に言い返した。

「そうかな？　実際に君は、私が言った通りの行動をしているじゃないか。毎日状況を改善せず、ずぽずぽエッチばかりをして、のうのうと破滅までの日を待っているじゃないか」

本心はともかく、行動としては果南の言う通りだった。反射的に言い返したのも、結局は図星を突かれて狼狽《うろた》えた証《あかし》だった。

果南はそうやって、散々俺の感情を弄ぶ発言をした後、不意に共犯者に向けるような優しい笑みを浮かべた。

「私も親友と同じだよ」果南はソファの隣に座っている俺の方に身を乗り出した。「実は私もね、君と藤代さんを破局させるとか、代わりに私が君の恋人の座に就くとか、そういった堅苦しくて面倒くさいことは考えないようになってきたんだよ」

「考えない？」

「うん、今の私がやりたいことはただ一つ。ただ君を破滅させて、私も一緒に破滅したい。……だって、愛とか恋とかよりも、一緒に破滅するっていう方が、よっぽどロマンティックで間違いがなくて、楽しくて気持ちがいいと思うから……」

俺はうなずいた。うなずいてから、何にうなずいたのだろうと思った。急に彼女の話の意味が、彼女の漆黒の瞳と同じように、闇に包まれてしまったような気がした。

「……えっと、……どういうこと？」

と俺は直截《ちよくせつ》に聞いた。すると果南はさらりと言った。

「つまり、こういうこと。……いつかは必ず動画は拡散するし、藤代さんとも破局させる」

俺はつい、あんぐりと口を開けて、固まってしまった。

果南に従い続けたら、俺の醜態を収録した動画は拡散されないものだと思っていた。

ところが果南は、どうしたって将来的には拡散するつもりだと言う。避けようのない運命のように。

「……なんで」

と俺は聞いた。すると果南はずっと前から考えていたことを、ただ口に出しただけという調子で言った。

「だってだって、もしも君が私の恋人になったとしても、君の気が変わったら、私たちの仲は終わってしまうじゃないか……。愛とか恋とかなんて、所詮はそんな儚《はかな》い存在じゃないか。どれだけ美化したって、ガラス細工のように壊れやすい存在じゃないか。……でもでも、もしも君と一緒に破滅ができたなら、人生を壊せたなら、私は君にとって永遠の存在になれるよね？」

果南はそう言って、どす黒い瞳で俺を覗《のぞ》き込《こ》んだ。何度も目にしたことがある彼女の瞳だが、今はほんのりと狂気が宿っているような気がした。

「安心してよ。そんなに浅はかな破滅にする気はないから……」と果南は続けた。「人生を懸けるのに相応《ふさわ》しい、手の込んだ芸術的な破滅にする……。そのためにも、毎日屈辱的で変態的な君の動画を撮って、将来の君のデジタルタトゥーを大容量にしないとね。あ……だから変に抵抗して、中途半端《ちゅうとはんぱ》な状態で藤代さんに動画を送らせたりするのはやめてよね」

「…………」俺は言葉を失った。

それで話は終わったらしい。「じゃあ」と言って、果南はスカートのすそを摑《つか》んで、自分でたくし上げた。

彼女は色情偏執症《ニンフォマニアック》のような、派手で透けたセクシーランジェリーを穿《は》いていた。自分で自分の言葉に興奮したのか、彼女の下着からは愛液の筋がつーっと落ちていた。

「……というわけで今日もエッチしよ？　今日は何をする？　私のおしっこでも飲む？」

頰を赤らめながらそう言う果南を見て、俺は本能的にこう思った。

これ以上、果南と関わるのはヤバい。

この子はもう普通じゃない。

もう、向こう側に行ってしまった。

精神的には、俺ははっきりと果南に恐怖していた。

だが肉体の部分では、その逆だった。

驚いたことに俺の男性器は、果南の言葉を聞いてなお、激しく勃起していた。

俺の海綿体は真っ赤に膨れ上がり、痛みを覚えるくらいだった。まるで性の欲動《エロス》と対になる、死の欲動《タナトス》に突き動かされているみたいだった。

精神が肉体を支配することは難しい。だが肉体は精神を、いくらでも矯正して支配できる。それはここ一週間、肉体を用いた方法で、果南に支配され続けた俺はよく知っていることだった。

このままだとまずい、と俺は思った。

果南のことをヤバいと思えている今、行動しなければならない。そうでなければ俺の肉体は、果南への肉欲に溺れ、彼女の支配を自ら受け入れ、精神を矯正してしまうだろう。

そうなったら最終的に、俺の醜態が収められた大量の動画が拡散され、ルインとも当然別れることになり、俺は壮絶な破滅を遂げることになるだろう。

逃げなければならない。

俺は慌ててパンツを穿《は》いた。剝《む》けたカリに下着の布が擦《こす》れて痛かったが、我慢した。それからズボンを穿《は》いた。ペニスが太い樹《き》の幹《みき》のように聳立《しょうりつ》しているから、引っかかってしまってウェストが腰のところまでしか上がらなかったが、無理やりベルトを締めて最低限の体裁は整えた。立ち上がり、ソファのそばに置いたスクールバッグを肩にかけた。

こんな姿を他人に見られたら、俺が勃起していることは丸わかりだろう。クラスメイトに見られたら「宮澤恒が校内を勃起しながら歩いていた」という噂《うわさ》を立てられ、笑いものにされるだろう。

しかしそんな小さなことを気にしている場合じゃなかった。今の俺は、俺の人生を守れるか、果南と共に破滅するかの瀬戸際《せとぎわ》にいる……ふしぎとそう思ったのだ。今この瞬間に行動を変えなければ、全てが終わるのだと。

いきなり慌て始めた俺を、果南はふしぎがってこう言った。

「どうしたの？」

余裕がなかったから、俺は思ったことをそのまま果南に言った。

「果南から逃げるんだよ」

「逃げる？」

「うん。逃げないと、全てが終わっちゃう気がするから」

もっと婉曲的《えんきょくてき》な表現の方が良かったかもしれない。こんな直截《ちょくせつ》な表現では果南の怒りを買うかもしれない。

とはいえ最優先事項は、ともかく早くこの場を離れることだ。ここで果南と押し問答をするよりは、考えなしの言葉を煙幕のように用いて、できる限り速やかに退散する方がいい。

果南も機嫌を損ねた様子はなかった。ただ「ふうん」と言って、滑稽なまでに膨らんだ俺の股間を面白そうに見つめただけだった。

「そんなにおちんちん腫れちゃって、ちゃんと逃げられるかな……？」

特に慌てた様子のない、優しささえも感じられる声色だった。

彼女は自分の前から去っていく俺の、勃起をしているから上手《うま》く歩けない、その珍妙な動きを楽しそうに見つめていたが、俺が部室のドアノブに手をかけたところで、ふと名案を思いついたように言った。

「じゃあさ……折角なら追いかけっこにする？　私はここで十秒待つから、親友が私から逃げられるか、勝負しようよ」

追いかけっこ？

愉快犯のようなことを言われて、俺はすこし苛立《いらだ》った。人が本気になっている時に、どうしてそんなことが言えるのだろう。

だが、勝手に追いかけっこにされる分には構わないと思った。十秒待ってくれるなんて、むしろありがたいくらいだ。だから俺は特に拒否しなかった。したいのならばすればいい。

果南は自分で考えた『追いかけっこ』という案に乗り気になっているようで、声を弾ませてこう続けた。

「賞品は……あえて何もなし！　だってその方がアオハルっぽいもんね」

言ってろ、と俺は思った。

俺はこのまま帰るし、二度と果南の思い通りにはさせない。

俺は振り向かずに、映像研究部の部室を出た。

14 追いかけっこ -Tag-

映像研究部は部室棟の三階の角にある。

俺は部室を出て、廊下を挟んで反対側にある階段へ走った。

このまま一階に下りて、一番近い校門から公道に出て、そのまま最寄りの駅まで走っていき、駅から家に帰るつもりだった。

だがそんな逃走計画は、そもそも部室棟を出る前に頓挫してしまいそうだった。なんせペニスが、あまりにも硬く勃起しているのだ。まともに走れないどころか、歩くだけでも痛みを伴うほどなのだ。まるで股間に、果南《かなん》の設《しつら》えた巨大な枷《かせ》をぶら下げられているかのようだった。

これは比喩として実感に即しているだけではなく、ちょっぴり現実にも即している。

果南から離れれば離れるほど、勃起は弱くなるのが自然だと思っていた。ところが果南から離れれば離れるほど、ペニスはがちがちに硬化していった。まるで逃走者に向かって、番犬が激しく吠《ほ》え立《た》てているかのように。あるいは警報がけたたましく鳴っているみたいに。

階段に着いたところで俺は一度、振り返って部室を見た。

果南はまだ部室から出てきてはいなかった。まだ十秒が経《た》っていないのだろう。追いかけっこという形式にしてくれて助かったと、つい俺は思ってしまった。普段の俺は果南よりも足が速いだろうが、今は果南の方が圧倒的に速いだろう。もしも果南が十秒待たなかったら、すぐに捕まっていたはずだ。

捕まった結果、仮に取っ組み合いになったとする。それだって普段は俺の方が強いだろうが、今は果南の方が強い可能性がある。なにせ急所があまりにも拡大しているからだ。

捕まるかもしれないと思うと、ますます勃起が増した。むき出しの雁首《かりくび》がパンツの内側に当たるたびに、主人のお仕置きを心待ちにしている奴隷のような卑屈な快楽が全身を走った。

俺はマゾヒストなのだろうか？　あるいはマゾヒストではないのに、果南にマゾヒストに変えられてしまったのだろうか？

階段を下りる瞬間に部室を見ると、ちょうどドアが開いたところだった。

急いで階段を駆け下りる。追いかけっこをするだなんて本気にはしていなかったが、いよいよ本当に追いかけっこらしくなってきてしまった。

しかしこれでは負けは確実だ。ペニスの勃起のせいで、俺は満足に走れないのだ。そして果南は比較的足の速い女の子なのだ。

だがここで負けてしまうと、二度と果南の呪縛から逃れられなくなる気がした。もちろんそんなのは強迫観念に過ぎないが、強迫観念は合理的な思考よりも、時に人を強く動かすものである。

ピンチになったことで脳がフル回転したのか、天啓が閃《ひらめ》いた。

そうだ、男子トイレの中に隠れればいい。

本来の追いかけっこであれば反則技であり、場が白けてしまうだろうが、これは果南が一方的に仕掛けてきた追いかけっこだ。知ったことじゃない。

トイレは各階の階段の直《す》ぐそばにある。俺は即座に二階の男子トイレに入った。

個室に入り、鍵を閉め、ズボンのまま便座に腰掛け、ふぅと安堵《あんど》の息を吐《つ》いた。

助かったんだろうか？　と俺は思った。

俺が男子トイレに入った時、果南はまだ三階にいた。だから果南は俺がここに入るところを見ていない。

また男子トイレは女子禁制だ。さすがの果南といえども、よほどの確信がないと中を検《あらた》めてみようとは思わないだろう。

くわえて俺は個室に入っている。果南が万が一トイレに入ってきて、個室のドアを叩《たた》いて『ねーねー親友？』と言ってきたとしても、しらばっくれれば済む。

そもそも果南だって、誰が入っているかもわからない個室トイレのドアを、ノックして回るような非常識な真似《まね》はしないと思う。

つまり普通に考えると、ここに隠れられた時点で、果南が俺を見つける可能性はほぼゼロになったということになる。

本当にそうか？　それは楽天的すぎる考えじゃないか？　最近の果南の底の知れない印象からして、そういった理屈を無視して、いきなり俺の居場所を突き止めてきたっておかしくない気がするのだが、それはさすがに誇張されたイメージだろうか？

俺は一旦、声を殺した。

果南がトイレに入ってきた時に、いち早く気づけるようにしたのだ。

仮にそれができたとして、個室に雪隠詰《せっちんづ》めにされている俺になにができるかは疑問だが、気づかないよりはマシだと思ったのだ。

ふと自分の口から、短距離マラソンの後のような荒い息が漏れ出ていることに気づいた。

だから俺はその音も殺した。なるべく唇と唇の隙間を小さくして、息の速度を落とし、吐息の音を低くした。

果南が男子トイレに入ってきた時に、荒い息が漏れている個室トイレを見つけたら、きっとさっきまで走っていた俺がいるのだと、すぐに当たりをつけてしまうだろう。

その状態でしばらく待った。

だいたい五分ほどそうしていた。その間もペニスは痛いほどに勃起し、表面の血管はびくびくと濃い血を巡らせていた。勃起が落ち着く気配は全くなく、むしろ強くなる一方だった。まるで長く隠れれば隠れるほど、見つけられた時の喜びが増すと考えて、ペニス自身が喜んでいるかのようだった。

五分の間、トイレに入った人間は一人もいなかった。どうやらかなり利用者の少ないトイレらしい。月曜日の部室棟の二階自体、活動していない部が多く、人が少ないのだ。必然的にトイレを使う人も少なくなるのだろう。

さらにすこし待った。

相変わらず、果南どころか人自体が来なかった。

最初に個室に入ってから十分ほど経《た》ったところで、俺は大きく息を吐き出した。

さすがに助かったんじゃないか？

……本当に助かったのか？

助かったにしては、どうしてこんなにも手応えがないんだ？

初デートからずっと果南の意のままにされていたから、なんとなく自分は何をしたって果南に上回られるのだという印象を持っていた。

にもかかわらず男子トイレに隠れただけで彼女の追跡をやり過ごせてしまったから、どこかで手応えを感じかねているのだろうか。

まあいい。ともかく現実的に考えると、果南との追いかけっこは、俺の勝利で終わったと考えるのが妥当だろう。

さて、これからどうしようか。

普通に考えると、一刻も早くこのトイレを出て、帰宅するべきだ。部室棟の中にいるうちは、見つかる可能性がまだある。トイレを出たところでばったり会ってしまう可能性もあるし、考えにくいが果南がなんらかの理由で俺が男子トイレにいることに気づき、ここにやって来る可能性もある。

だがそれをするにあたって、問題が一つある。

それは俺のペニスが相変わらず、盛んに勃起していることだ。果南の追跡を躱《かわ》したのに、こいつはまだ快楽を貪ることを諦めていないらしい。

俺は一旦、ズボンとパンツを脱いだ。よく考えたらトイレの個室に入った時点でそうしておけば、陰茎を必要以上に締め付けることもなかったのだ。そんなことにも気づかないくらいテンパっていたのだろう。つい苦笑した。

パンツを脱ぎ終わり、堂々と聳《そび》え立《た》つ自らの肉茎を見下ろした。

ペニスは自分でも見覚えがないほどに怒張していた。全体として異常なまでに反り返り、先端部は破裂しかけの赤い爆弾のように膨張していた。

なぜこいつはここまで勃起しているのだろうと俺は思った。快楽中枢とか勃起中枢とか、その辺の神経がおかしくなってしまったんじゃないだろうか。果南とセックスをするたびに、ありえないくらいにドーパミンが分泌され、異常な快楽を得ている気がするから、いよいよ快楽に関わる神経の働きがちょっとおかしくなってきたのかもしれない。

ともかくこのままだとトイレを出られないのは確かだ。このままズボンを穿《は》いたら俺が勃起していることは丸わかりになってしまうし、そんな姿をクラスメイトに見られたら笑いものにされるだろう。赤の他人だって怪訝《けげん》な目を向けてくるに違いない。

スマートフォンで時刻を確認する。部室棟が施錠《せじょう》されるまでは、まだかなり時間がある。だからこのまま勃起が鎮《しず》まるまで静かに待って、それからここを脱出するという手もある。

本当にそれでいいのだろうか？

こうしてぼけっとしている間に、果南が男子トイレに戻ってきたらどうするんだろう？　果南になんらかの閃《ひらめ》きが降りてきて、俺の居場所に気づいてしまったら？

そんなことを想像すると、ますますペニスの硬化が強くなってきて、鎮《しず》まるどころではなかった。全くもって難儀な体だ。

仕方がないので俺は自慰をして自らの怒張を鎮《しず》めることにした。こんなことになるならば土日の間に、果南でオナニーするという敗北を受け入れ、精液を出しておくべきだった。

人差し指と親指で輪っかを作り、雁首《かりくび》のところに当てながら、ふと思った。

——本当に、学校のトイレでオナニーをするのだろうか？

今更ながら、一般的な道徳からは逸脱した行動である。

先週、俺は学校の部室で果南とセックスを繰り返した。そちらの方が異常だと見る向きもあるだろう。だが二人でやるセックスと一人でやるオナニーは、後ろめたさの性質が異なる。オナニーの方が陰気なイメージがあって気が進まないなと俺は思った。この感覚はそれなりに一般的だと思うのだがどうだろう。

——本当に、やらなければならないのか？

俺はすこし考えた。

しかしやはり、やるべきだと思った。このままここで勃起が治まるまで、いつまでとも知れない時間、閉じ込められているわけにもいかない。

学校のトイレでオナニーをするという、誰にもバレない恥を一つかくだけで、状況は一段とクリアになる。やはり今は自慰をしてでも、勃起を鎮《しず》めるべきだ。

……と俺は論理的に結論を下した。

自分としてはそのつもりだった。だが後になって考えてみると、既にこの時の俺は果南の狂気を浴びせらたことによって、いささか理性を失っていたかもしれない。

ともかく当時の俺は、そう決めたのだった。

さて、何で自慰をするか。

トイレの中に俺以外の生徒はいない。だが音が出るもの、例えばＡＶや音声作品をおかずにするのはさすがにナンセンスだろう。人が入ってきたらすぐにバレてしまう。

また、イヤフォンによって耳を塞ぐのも危険に思える。そんなことをするのは、兵士が戦場で目を瞑《つぶ》るくらい危機感に欠けている。

というわけで、おかずはエロ漫画にした。こんな時のためにスマートフォンでエロ漫画を読めるようにしているし、その中には俺にとって極上とも呼べる作品がいくつかあった。

普段ならばそれなりに時間をかけておかずを選ぶ。その日の気分に合うエロ漫画は、実際に読んでみないとわからないというのが俺の経験則だ。そして自らの気分に向かい合うことは快適なオナニーに繋《つな》がる。

だが今日は急いでいるし、何をおかずにしたって変わらないだろうと思うくらいに、既に陰茎は硬く勃起していた。銃弾は装填されていて、後は引き金を引くだけだった。俺は最初に目についた、よく自慰に用いているエロ漫画を開き、自慰を始めた。

だが、どうしても虚《むな》しさが募った。雁首《かりくび》を摩擦すればするほど、逆に陰茎が萎えていくような始末だった。

始める前は、こんなにも勃起しているのだから、ほんの一、二分くらいで射精できると思っていた。ところが実際は、擦《こす》っても擦《こす》っても射精に近づいている感じはしなかった。

やはり、どうしても物足りないと思ってしまう。小さな画面に映る、記号化されたおっぱいを見ていても、空虚な気持ちになる。つい何度も触れ、何度も揉《も》みしだいた、あの果南の豊潤な果実のような、肉感が豊かで弾力に富んだおっぱいのことを思い出してしまう。

読んでいるエロ漫画そのものは上質なはずだ。それは何度もこの作品を自慰に用いたことで確かめているし、技量的・演出的な観点から見たって申し分ない作品だと思う。

だから俺が感じている虚《むな》しさは、作品に由来するものではなく、俺の心の問題なのだ。俺の心が、今この漫画で自慰をすることに魅力と意欲と必然性を感じていないのだ。

指伝いに、肉棒から悔しさのようなものが伝わってくる。『ドウシテ、コンナ、マンガデ』『ナゼ、コンナモノデ』のような声が聞こえてくる。

無念の声はいつしか欲望の声に変わっていく。『オレヲ、カナンノナカニ、ツッコンデクレ』『カナンノナカデ、セイエキヲ、ブチマケサセテクレ』。

それらの声を俺は無視した。俺は牛の搾乳《さくにゅう》のような気分で、無心で自らの肉棒を擦《こす》った。

オナニーをしていると、果南のことが思い浮かんだ。彼女の不器用な振る舞いや、笑い方や、にもかかわらずエッチの時には大胆になることや、何気ない香りや触感のことがそぞろに思い出された。それらのイメージが目の前の成人漫画のイメージよりも膨らむ瞬間があった。そんな時、俺は果南のイメージを必死に打ち消した。

そうこうしているうちに、十分ほど経《た》った。

おかしい、と俺は思った。

既に射精に至るほどの刺激は与えている。それどころか二回は射精ができそうなほどの摩擦を行っている。

にもかかわらず、全く射精が行われない。

肉体の自然な機能が、理由もわからずに不全になるというのは、言いようのない不気味さがあるものだ。例えば、理由もなく呼吸が止まってしまったら。理由もなく心臓が止まってしまったら。理由もなく臓器が動かなくなってしまったら。そういった不気味な空想をするのと同じくらいの不安が俺を襲った。もしもペニスが射精の機能を失ってしまったら。

そう思うと俺は混乱した。深く深く混乱した。混乱はペニスを擦《こす》れば擦《こす》るほど強くなっていった。

ペニスは快感を覚えるのをやめて、段々と無感覚になっていた。それと共に俺は甚だしい無力感を覚えた。

無我夢中になって、俺はいつの間にか叫んでいた。

うあああぁぁあああぁぁぁあああぁぁあああああぁぁあぁのような声で叫んでいた。

その声の必死さと同じくらいの力で、勢いよくペニスを摩擦した。普段ならば痛みを感じるほどの力で、音がしそうなほどに激しく。

しかし精液が出る気配は全くなかった。よく見ると我慢汁すら出ていなかった。まるで精液の射撃手が一人残らずボイコットしてしまったみたいだった。

望みはなんだ？　と俺は思った。射精をボイコットしてまで叶《かな》えたい、何億という精子たちの望みはなんだ？

考えるまでもなかった。彼らの望みは果南の中に射精することだ。果南を押し倒し、彼女の花弁の中に陰茎を突き刺し、向こう見ずで自分勝手な射精を行うことだ。

もう四の五の言ってられなかった。心理的な敗北とか屈服とかはどうでもよかった。俺はスマートフォンの画面を消し、代わりに目を瞑《つぶ》って記憶の引き出しを一つ一つひっくり返して、果南との性交を思い出し始めた。

その状態で性器を擦《こす》ると、快感の質がはっきりと変わった。

その快楽にはどこか「正しさ」があった。太陽が東から昇って西に沈んだり、季節が春夏秋冬の順に移り変わったり、動物たちが草原を駆け抜けたりするような、そんな普遍的な正しさがあった。さっきまでのオナニーは、どこかジレンマに引き裂かれていた。こちらのやり方の方が自然なのだ、正しいのだということを、俺のペニスは性感を使って俺に伝えていた。

ペニスを擦《こす》りながら、ふと俺はルインのことを考えた。

青い髪をした少女、俺の恋人である彼女のことを考えた。

そして果南の代わりに、彼女を性的幻想の拠《よ》り所《どころ》にすることについて考えた。それは原理的には可能だろうと俺は思った。なにか証拠があるわけではないが、生理的なことだからなんとなくわかるのだ。果南とのセックスを思い出す代わりに、ルインとのセックスを思い出して自慰をする。しようと思えばできるだろうと俺は思った。

しかし俺はルインを性的な妄想の拠《よ》り所《どころ》にすることに抵抗があった。彼女と実際にセックスをすることに抵抗はなく、むしろそれは「自然」だと感じるのだが、妄想の中にルインを登場させることは駄目なのだ。

果南ならいくらでも性的な空想ができる。実際には言っていない卑猥《ひわい》な言葉を妄想の中の果南に言わせたり、実際はしていない官能的な仕草をさせることもできる。

でもルインは駄目なのだ。妄想どころか、現実に起きたことを反芻《はんすう》しながら自慰をするだけで、たぶん自分の中の大切な領域を汚《けが》しているような気持ちになる。

今の俺の手は穢《けが》れていると感じる。こんな手でルインとの思い出に触れてはならない。

だから俺は果南で性欲を発散するのだ。心の中の静謐《せいひつ》な神殿を守るために。穢《けが》らわしい欲望を神聖な場所から遠ざけるために。肉欲を適切な場所へと収めるために。

俺はスマートフォンの画面を点《つ》けて、果南とのラインのメッセージ履歴を開いた。

先週から果南は、時たま俺にエロいセルフィーや、オナニーの自撮りを送りつけてきていた。

俺は既読だけをつけて返信はしなかったが、深夜にふとその画像や映像を開いてしまって、股間を膨らませることは一度や二度じゃなかった。それをオナニーのために使用しようと思ったのだ。

果南から送られたエロいファイルは膨大な数があった。アダルトに詳しい果南が撮っているだけあって、どれも見応えのある構図で、効率的に劣情を煽《あお》るように撮られていた。俺はそれらのファイル群をザッピングし、気ままなタイミングで目を留めた。そうしていると俺は、無数の果南がいるハーレムの中にいるような気分になった。

「果南……果南……」

という声が漏れた。それは無意識的に口にしたものだったが、あまりにも自然に言ってしまったのでしばらくは自分でも気づかなかった。

思わずハッとして口をつぐんだ。果南のエロい自撮りを見ながら、果南の名前を呼びながら、自らの愚息を弄ぶだなんて惨《みじ》めすぎると思ったからだ。

しかしその惨《みじ》めさが背徳感を増大させ、ますます俺の興奮を掻《か》き立《た》てた。自分を惨《みじ》めに思えば思うほど快楽が増したから、惨《みじ》めであることは行為を止《や》める理由にはならなかった。

だから俺は、何度も自発的に果南の名前を呼んだ。

「果南……果南……」

名前を呼ぶたびに、恥知らずな快楽が海綿体を走り、ペニスに血が集まった。

ああ、なんて情けないんだろう。哀れだろう。惨《みじ》めだろう。汚辱だろう。屈辱的だろう。これではまるで、ご主人様の寵愛《ちょうあい》を待ち望んで自らを慰める奴隷のようだ。それも学校の薄汚いトイレで、所構わず自慰をするなんて。

間断のない刺激が効いたのだろう。

そろそろ射精すると思った——その時だった。

ふと、女の子の声が聞こえた。

「……嬉しいなあ……」

その瞬間に、またアレが来た。

精液が詰まる感覚。精子たちが精管を離れたがっていない感覚。精液射撃手が一人残らずボイコットをしたあの感覚。

出すな、と体の深い部分から声が聞こえた気がした。それがほとんど命令のように感じられたから、俺は自慰行為をやめた。

ふと上を見る。

すると、隣のトイレとの仕切り壁と天井との間にある狭い隙間から、一人の髪の長い女の子が顔を出していて、俺の自慰行為の様子をにやにやしながら見つめていた。

蔦原《つたはら》果南だ。

恐らく隣の個室の便座の蓋を閉めて、その上に立っているのだろう。そうでもしないと、仕切り壁の上から顔を出すなんてことは、背の低い彼女にはできないだろうから、そうだろう。

彼女は手にスマートフォンを持っていて、そのカメラレンズを俺に向けていた。

たぶん、ずっと録画していたのだ。

彼女はスマートフォンを下ろし、そしてトイレの蓋の上から下りた。壁があるから姿は見えないが、着地の音が聞こえたのでそうだと思う。

彼女は俺の個室の前に来て、とん、とん、とドアをノックした。

「開けて」

と果南は言った。抑揚のない、有無を言わさぬ言い方だった。

俺は戸惑った。ドアを開けるとか開けないとかじゃなくて、まず状況そのものが理解できなかった。

果南に見られていたのか？　一体いつから？　録画もされていたのか？　どうして俺は気づかなかった？

とん、とん、とふたたび果南がドアをノックした。

「ほら、開けて」

開けたらどうなる？

開けたら果南がいる。

果南がいるとどうなる？

そんな単純な論理関係さえも、俺にはわからなくなってきていた。状況も呑《の》み込《こ》みきれていないのに、新しい問いに答えられるわけがない。

ともかく動物的な直感が俺にこう告げていた。

——ドアを開けると、ものすごく良いことと、ものすごく良くないことが両方起きる。

そして——その二つの出来事は、全く同じ出来事だ。

果南はいじけたような声色で言った。

「ほら、ほら。なんで意地悪するの？　開けてよう……」

そんな声を出されると、果南の友人である俺は、反射的にドアを開けそうになる。そんな自分の条件反射が怖くて、俺は身を強張《こわば》らせた。

開けて、開けて、という、舌足らずでいじらしい声が外から聞こえる。子供が駄々をこねているかのような。俺はますます体を凍りつかせ、便座の上で思わず体育座りになる。

その時、ふとペニスが太ももに当たった。

そいつは太もも越しの感触を使って俺にこう伝えた。

『アケロ』

その声はペニスの声であると同時に、心の奥深くから聞こえてきたような気がした。

開けなければ、と俺は思う。

パニックのあまり何も考えていない、何も考えられない状態だが、心の奥底から声が聞こえてきたのだ。だったらその声に従わなければならない。

俺は便座から下りて、トイレのドアのスライド錠を開けた。

その瞬間に、ふとこんな声が聞こえた。

『開けるな』

さっきの声よりも深い、心の深淵《しんえん》から聞こえてきた気がした。

でももう手遅れだ。

既にドアは開け放たれていた。

目の前には蔦原果南が立っていた。背の低い、小動物のような女の子だ。涙袋の大きな、普段は寂しげな印象のある目は、今では爛々《らんらん》と輝いていて、不躾《ぶしつけ》なくらい真《ま》っ直《す》ぐに俺に向けられている。長いくせっ毛の黒髪は、顔の輪郭に沿ってくびれたようにカールしていて、トイレの蛍光灯の安っぽい光を浴びて、天使の輪っかのような光沢を帯びている。

彼女はにやにやと、あどけないを通り越して、蓮《はす》っ葉《ぱ》なくらいに笑っていた。まるでマリファナパーティの最中のようだった。

果南は俺の勃《た》ったペニスを、やけに嬉《うれ》しそうに見つめていた。ここに来て俺は、まだズボンを穿《は》いていなかったことを思い出した。俺のペニスを見る果南は、マタタビを眺める猫のようにも見えた。

「……嬉《うれ》しいなあ。本当に嬉《うれ》しいよ」と果南が言った。「まさか親友がそんなにも私のことを思って、惨《みじ》めにオナニーまでしてくれたなんて……」

果南はしみじみと詠嘆した。愛情すらも感じられる声色だった。彼女の言葉と共に、ペニスの勃起が一段と強くなった。

「学校のトイレでオナニーするなんて、世界中の女の子から軽蔑されちゃうキショい行動だけど、私だけは親友のそんな一面を受け入れてあげるね……。だって私は親友をどこまでも低い

所にまで、地獄の底のような場所にまで、私以外の誰にも見つからない場所にまで導く存在だもんね……」

それから思い出したかのようにこう言った。

「追いかけっこは私の勝ちだね、親友」

＊

果南の説明によると、男子トイレに隠れるという俺の作戦は、成功していたらしい。

彼女は最初、俺が二階の男子トイレに入ったことに全く気づかず、三階から一階まで、一気に階段を下りて部室棟を出て、校門まで走ったという。

そこから駅へ行くという、当初俺が思い描いていたルートを進もうとしたところで、なんとなく立ち止まった。

そして自分がここまでの道のりで、ぼんやりと感じていた違和感について考えた。

宮澤恆《みやざわわたる》の足は、自分よりも速い――実際のところ、俺は勃起のせいで速く走れなかったわけだが、果南はそのことを知らなかったので、自然とそう考えた――。とはいえ、ここまで走ってきて一度も背中を見ないということがあるだろうか？

自分が今いるルートと、宮澤恆が進んだルートは違うのだろうか？

もしも彼が真《ま》っ直《す》ぐ駅へ向かっていなかった場合……つまり自分の追跡を警戒して、あえて普通でないルートを通っていた場合、私はこんなにも暑い日差しの中で、駅まで走って彼とすれ違いもせずに終わることになる。

この辺りで彼の進んだルートをはっきりさせた方がいい、と果南は思った。

だから彼女は、校門の近くで駄弁《だべ》っている生徒に「さっき、この道を男子が全力で走っていきませんでしたか？」と聞いた。

すると質問された生徒は「ううん、そんな男子はいなかったと思う」と言った。

この生徒の記憶が確かなら、宮澤恆はこの道を通らなかったということになる。

果南はすこし考えてから、逃げられたのだ、追いかけっこは自分の負けで終わったのだという、極めて冷静な結論を下した。

たぶん彼は私の追跡を撒《ま》くために、普段と違うルートで家に帰ったのだ。そしてそのルートを暴《あば》くことは、今となっては実質的に不可能だ。学校から駅へ向かうルートなんて無限にあるし、その材料を今から探すのも無理だろうから。

残念だが、たまにはこういう日もあっていいか、明日彼に会うのを楽しみにしよう、と果南は思った。

部室に戻った果南は、しばらくソファで横になってスマホゲームをプレイしていた。

そして画面をタップしながら、ぼんやりと俺を追いかけていた時のことを、脳内でリプレイしていた。

やはり、なんとなく違和感が残っていた。

今更、違和感の正体を突き止めたところで、現実的に考えて、俺と再会できるはずもない。

だが、こういったことを深く考えるのは、謎解きゲームみたいで楽しいから、もうちょっとだけ考えてみようと果南は考えを巡らせた。

何が腑《ふ》に落ちていないんだろう――。

ピコーン！　と果南は気づいた。

階段を下りる音が二階で途切れていたことだ。

俺は全力疾走で階段を駆け下りていたから、三階から二階に下りるドタバタという足音は彼女にも聞こえていた。ところが二階から一階へ下りる足音は聞こえなかった。

果南は全力疾走をするのに必死だったから、そのことはあまり気にしなかった。足音が響かない走り方に俺が切り替えたとか、たまたま自分の耳に入らなかったとか、その程度の理由だと思って、違和感そのものを忘却していた。

だが考え直してみると、たぶん宮澤恆は二階のどこかに隠れていたのだ。追ってくる自分をやり過ごしてから部室棟を出るために。

そしてそれが、自分が前を走る宮澤恆の背中を一度も見なかった理由であり、彼をすぐに見失った理由だったのだ、と果南は思った。

ほほう……土壇場《どたんば》の割に機転が利《き》いてるし大胆な作戦じゃないか、と果南は感心した。

果南は折角なので、俺がどこに隠れていたのか、答え合わせをしようと思った。

彼女は部室を出て、二階に下りた。

隠れて人をやり過ごすのにうってつけなのは柱だが、二階の階段の近くに、めぼしい柱はなかった。

代わりに目についたのが男子トイレだった。

もしかすると、宮澤恆は男子トイレに隠れたのかもしれないと果南は思った。ちょっとセコい方法だが、本気で自分に勝とうと思ったならば、そういう方法も用いるかもしれない。

果南は周囲を確認した。

月曜日の部室棟の二階は活動していない部が多く、人が少なく、廊下には誰もいなかった。

ちょっとくらいなら入ったっていいよね、と果南は思った。

そして男子トイレの扉を開けた。

男子トイレは五つある個室のうち、一番奥の個室だけが不自然に使われていた。

そしてかすかに、耳をすませば聞こえる程度の音量だが、荒い吐息が聞こえてきた。

ここに来て、果南は唐突に運命じみたものを感じ始めた。

ふしぎな確信と共に、一番奥にある個室の隣のトイレの蓋の上に立ち、奥の個室の中を覗《のぞ》き込《こ》んだ。

すると異常に膨れ上がった股間を激しく擦《こす》り、しかし射精が行われなくて戸惑っている最中の俺がいた。

＊

全てが最悪のタイミングに起きたのだ。

果南は最も俺の注意力が散漫な時にトイレにやってきて、一番見られたくない自慰のやり方をしているところを目撃して録画したのだった。

果南はそこまでを誇らしげに説明すると、話を変えて言った。

「じゃ、セックスしよっか」

前置きは要らない、という言い方だった。

そして実際に、妥当な提案に思えた。俺の腰には、果南の肉襞《にくひだ》をかき分けないと満足しない肉茎があり、目の前には性交に乗り気の果南がいる。この二つを合わせないと収拾がつかない気がした。

だが一応、俺は抵抗してみせることにした。

「果南、ここは男子トイレだよ。君がいる所を見られたらどうするの？」

果南は屈託なく笑ってから、可愛《かわい》こぶった声を作って言った。

「『掃除当番なんです〜っ！』『先生からトイレットペーパーの補充を頼まれちゃってぇー』『あ、ほんとだ。間違えちゃいましたぁ！』……」

要するに言い訳ならいくらでもあるということだろう。果南は可愛《かわい》こぶった素振りをやめて、普段の猫背に戻ると言った。

「……もうそういうフリって要る？　私たちの間には、言葉すらも要らないよ」

そうかもしれないと俺は思った。俺は言葉を弄しすぎているかもしれなかった。

俺たちは言葉ではなく、触感によって結びついている関係だ。「親友」……「部活の友達」……「同級生」……俺たちの関係性を表す言葉は、どれも果南の膣《ちつ》の感触ほどリアルじゃない。どう表現したって俺たちの関係性を正確に言い表せない。だったらもう、言葉なんてやめてしまえばいい。能書きを垂れずにセックスすればいい。

果南は俺のペニスをぎゅっと握った。俺のペニスに安堵《あんど》に似た刺激が走った。さっきまではずっと放蕩《ほうとう》していた俺のペニスだが、ようやく生き別れの母親と再会して、穏やかに抱かれているといった落ち着きを見せていた。

いつだったかルインが言っていた。気持ちよくなるには、副交感神経を高めるのが大事だと。射精に必要だったのはそれだったのかもしれない。

「ねえ親友……ちんちんが欲しいな」

と果南が露骨な言葉を使って言った。

「ああ、俺も挿《い》れたいよ」

と俺もついに認めた。果南に屈服した。

「でもね……私、アレを持ってないんだよ」

「アレって何？」

「コンドーム」

そうだ。俺たちがセックスをする時は、毎回果南がコンドームを用意していた。俺は巻き込まれている体《てい》だったから、自分からコンドームを出したことは一度もなかった。

そして今回、果南は俺がいることを知らずに男子トイレに来たのだ。だから部室にコンドームを置いてきたのだろう。

「部室に戻る？」

と俺は聞いた。なんとなくそうはならないんだろうなと思いながら。

「ううん、今ここでしたいな」

と果南が黒い瞳で俺を見つめながら言った。

「じゃあ、俺が持ってる奴《やつ》を使おうよ」

と言って俺はスクールバッグを指さした。

すると果南は口を尖《とが》らせて首を振った。

「藤代《ふじしろ》さんとエッチするために買った奴《やつ》でしょ……？　そんなの使いたくないよ……」

「ええ……まあ、そうだけど」

　確かに、俺のコンドームはルインとセックスするために買ったものだ。

　しかし、それを学校にまで持ってきたのは、果南とのセックスを念頭に置いていたからだ。学校という空間はプライバシーがないから、友達が俺の荷物をひっくり返してきたり、不意打ちで持ち物検査が行われたりする可能性がある。そういったリスクを負ってまで持ってきているのは、それなりに覚悟の要ることだったのだけど。

「駄目だよ……。そんなのをちんちんにはめちゃったら、スマホでポチッと藤代さんに、ハメ撮り映像を送っちゃうからね？」

　果南は笑いかけてきたが、俺は笑えなかった。

　数秒の沈黙が訪れた。果南はこれからどうするかを決めていて、俺がそれを察するまでに設《しつら》えられた時間という感じがした。

　俺にも消去法的に彼女の考えていることがわかった。しかしどうしてもその結論が受け入れられずに、結局のところ彼女に直接聞いた。

「じゃあ……どうするの？」

　果南は答えた。

「ナ、ナマでい、いいよ」

そう言うのだと思っていた。しかし実際に言われてみると面食《めんく》らった。

ナマでやる……つまりコンドームを用いないことには様々な問題がある。

最大の問題は、子供が出来てしまう可能性があることだ。

「ナマでやると子供が――」

と俺は言いかけた。だが果南は俺の発言にまともに取り合わなかった。

「ナマでいいって」果南は俺の言葉を遮って言った。「そっちの方がさ、なんか、どうしようもないことが起きそうで興奮するじゃないか。べつに親友との赤ちゃんが欲しいってわけではないし、もちろん将来的には欲しくなったりするのかもしれないけど今欲しいわけではないし、ナマの方が気持ちいいなんてのも、エロゲーやエロ漫画の嘘《うそ》に過ぎないってことは私だってわかってるよ。でもナマの方が……なんかさ、何が起きるかわからなくて楽しそうじゃないか。現実というクソゲーのベタベタなマンネリ展開にようやく不確定要素が入って、灰色の未来に新しい可能性が追加されるじゃないか。その可能性のあらすじにはこう記されているんだ。『私を取り巻く、くそったれの世界の全てが破壊されます』……って。そっちの方が絶対に面白くなりそうでしょう?」

滔々《とうとう》と果南は語った。しかし語りかけられている俺の方は、全身の発汗が感じられるほどに狼狽《ろうばい》していた。だから果南に強い口調で問いただした。

「本当に子供が出来たらどうするの？」

知らないよ、というふうに果南は首を振った。興味もないというふうに。

下着をスカートの下で脱ぎながら、彼女は陶酔したような口調で言った。

「さあ……無意味で無価値で無目的で、どうしようもなく破滅的で、マイナスの目しか出ないサイコロを振るギャンブルを始めようじゃないか。スリルを孕《はら》むか……スリルと一緒に子供を孕《はら》むか……ギャンブルの結果はサイコロの出目次第。どちらにしたってろくなもんじゃない。でも、とにかく振ろうじゃないか。サイコロを振ること自体が遊戯の醍醐味《だいごみ》だし、そこにかかっているものが自分の人生だと思うとますますドキドキしてくるでしょ？　親友だってそのつもりでしょ？」

そんなつもりはないと思った。果南ほど捨て鉢にはなれないと思った。俺はまだ、普通の高校生活を続けていきたい。当たり前の人生にしがみついていたい。

だがペニスは凶暴な獣のように勃起していた。

そしていまやペニスだけではなく、俺自身の心の奥底にある暗い部分からも、理性と反する声が聞こえ始めていた。

ヤっちまえよ――と。

ヤったら絶対に気持ちいいだろ――と。

破滅願望とは行かないまでも、お前もルインを裏切って、果南と関係を持ち続ける日々に、苦痛を感じていたんじゃないか——？　だったらさ、目の前にリセットボタンがあるよ。もちろん、押せば必ずリセットされるってわけじゃない。いや、百パーセントリセットされてしまうボタンがあったら、却《かえ》って押しにくいよな。でもこのボタンは確率式だ。もしも良くないことが起きたとしても、そいつはお前のせいじゃなくて確率のせいだ。戯《たわむ》れに一度押してみるくらいならいいんじゃないか？　もうこの場には、お前を止める人間なんて一人もいないんだから——。

お前だって本当は興奮してるんだろ——？

今更、自分に嘘《うそ》をつく必要なんてあるのか——？　もうこの場には、本音を曝《さら》け出《だ》している人間しかいないんだぞ——？

……ああ、そうだ。

認める。

俺は果南にナマで挿入したい。抜き身のペニスを彼女の中にぶち込んで、思う存分快楽を貪り、彼女の子宮に向かって白濁液を大量に吐き出したい。子供が出来るとか出来ないとか知ったこっちゃないけど、ともかくどうしようもないことが起きて欲しい。その出来事に俺自身の生活を完膚なきまでに破壊してもらって、全てがリセットされたような気持ちで暮らしたい。

俺は中途半端《ちゅうとはんぱ》に脱いだ状態で、脚に引っかかっていたパンツとズボンを脱ぎ捨て、適当に丸めてスクールバッグの上に置いた。

それと同時にバッグからタオルを取り出し、それを便座に敷いて、その上に座り直した。

果南を膝の上に乗せると、遊び盛りの子供のような高い体温が俺の脚へと伝わってきた。その肌は紅潮していて、表面にはわずかに汗がにじんでいて俺の汗と溶け合っていた。彼女はもう発情していて、それが生理現象として現れているのだろう。俺もきっとそうだ。

古いトイレ特有の、硬いプラスチックの蓋が俺の背中に食い込んだ。便座も同じ材質なので、脚にも同じような硬さを与えた。今のところは座っていられるが、段々と体が痛くなっていくだろうと推測できた。こんな環境でセックスをするなんて本当に浅はかな行為だ。それもコンドームを使わずにするなんて。でもその事実が、俺と果南を興奮させた。

俺のペニスは果南の湿ったヴァギナに当てられていた。あとはお互いの位置関係をほんの数センチ移動させるだけで、セックスが始まる。

果南に挿入する直前、まだ理性はこんな言い訳を続けていた。

挿《い》れるだけならいい。

挿《い》れるだけなら問題ない。我慢汁でも妊娠する可能性はあるそうだが、きっとその確率は高くはない。詳しくは知らないが。

挿《い》れるだけで、射精する前に抜けばいい――。

もう俺は自分で自分に嘘《うそ》をついていることに気づいていた。射精する前に抜く気なんて、毛頭ないのだ。挿《い》れたが最後、俺は果南の淫裂に精液をぶち撒《ま》けるまで、この獣棒を引き抜く気にはならないだろう。

俺はペニスをヴァギナの中に――、
挿れた。

それだけでも陰茎から快感が溢《あふ》れ出《だ》し、腰全体が快楽の海に沈むような、狂喜の恍惚《こうこつ》があった。なにか達成感に似たものが体内で大量に分泌され、脳を焼き、頭を真っ白にした。世界中の壁という壁が壊れていくような心地だった。全ての壁が壊れた先にある、どす黒い世界に俺たちは向かっていた。

挿入の直後は一般的にあまり動かない方がいいとされている。膣《ちつ》には伸縮性があって、中の形がペニスに馴染《なじ》むまでにすこしの時間がかかるからだ。

しかし俺たちは、もうそんな常識は通用しない世界にいた。果南の体は既に、前戯も含めてきっちりセックスを三十分やった後のように火照《ほて》り、汗ばみ、表情や身振りも酩酊《めいてい》したようになっていた。ヴァギナも奥の奥まで濡《ぬ》れていて、俺のペニスを形状記憶していたみたいにペニス全体に密着していた。

だから俺たちの性交は、クライマックスの如《ごと》き情熱から始まった。俺は向こう見ずなほどの勢いで、果南に激しくペニスを突っ込んだ。

一ピストン目から果南は最大の声量で喘《あえ》ぎ始《はじ》めた。男子トイレの中にいることなんてお構いなしだった。誰かがこのトイレに来たら、すぐに俺たちの性行為に気づいてしまうだろう。いや、ひょっとするとトイレの外からでも、果南の喘《あえ》ぎ声《ごえ》は聞こえてしまうかもしれない。それほどの声量だった。

そういえば個室のドアも閉めていなかった。そして今から閉めるのも興を削《そ》ぐだろう。酸素も薄くなりそうで気乗りしなかった。だから俺はドアのことは気にしないことにした。俺たちはもはや見つけてくれと言わんばかりの状態で性交をしていた。

果南は半狂乱になって、叫ぶような声でこう言った。

「……ああ、素晴らしい！　素晴らしいよ!!　こんな所を人に見られたら、動画のことがバレなくたって人間失格だね！　ワクワクするね！　親友と一緒に人間をやめられるなんて！　校内でサカってるサイッテーのどーぶつ人間だと思われるなんて！　些細《ささい》な性欲すらも抑えきれないエテ公人間だと思われるなんて！　いいよね親友！　皆に軽蔑されよう！　学校中の人たちに蔑まれよう！　町中の人たちに侮蔑されよう！　世界中の人たちの敵になって、二人だけの孤独な世界に行ってその世界でずうっとずうっとセックスを続けよう!!　落ちる所まで落ちよう！　井戸の底で月を見上げよう！　泥だらけで夜空に手を伸ばそう！　だってそっちの方がさ！　そっちの方がそっちの方がさ！　そっちの方がそっちの方がきっと気持ちよくって楽で自然で世界に馴染《なじ》めない私たちには似合ってるよ!!」

俺はただただ狂気のような激しさで果南のヴァギナに腰を突っ込んでいた。彼女の体が壊れてしまうかもしれないと思うほどの強さでやった。壊れるものなら壊れてしまえばいいと俺は

思った。その時には俺の体も同じくらいに壊れてくれればいいと思った。

「ああ、早く見つかりたいね！」と果南は底抜けに明るい声で言った。「見つかりたい！　早く見つかりたいよ！　ああ早く、学校中の俗物たちの軽蔑を浴びて、逆説的に自分たちは違うんだって気持ちになりたいよ！　あらゆる人々から白眼視されて、それを肴《さかな》に君と歪《ゆが》んだ連帯感に浸りたいよ！　他の人たちとは違う特別な人間なんだって――」

その時だった。

男子トイレのドアが開く音がした。

誰かが入ってきたのだ。

それに気づくと、俺はほとんど無意識的に個室のドアを閉め、スライド錠を施錠《せじょう》していた。

俺に残った僅かな理性がそうさせたのだと思う。咄嗟《とっさ》の行動だった。

俺以上に興奮していた果南は侵入者に気づかなかったようだが、俺がいきなり鍵を閉めて性行為を中断したのと、小便器の方から誰かのスリッパの足音が聞こえてきたことで、ようやく状況を察したらしい。

俺は息を殺した。

足音が止まり、小便器の方から放尿の音が聞こえてきた。

果南は黙り込んでいる俺に侮《あなど》るような視線を向けた。それから無言で腰を動かし始めた。

ヤバいって、と俺は心の中で思った。

果南は小刻みに腰を動かし、にやにや笑いながら、結合部と俺の顔を交互に見てきた。

ヤバいから、と俺は思った。

やがて果南はすうっと息を吸うと、腰の動きとまるで同期していない、過剰にフィクショナルな大声でこんなことを言った。

「おっおっおっおっおっ♡♡♡　おっおっおっ、ほおおおおお♡♡♡　あっあっあっやばぁ〜〜〜〜♡♡♡♡　イくイくイくぅ♡♡♡♡　あっあっあっ気持ぢいい〜〜〜〜♡♡♡♡　イ゙ぐイ゙ぐイ゙ぐイ゙ぐぅッ‼　セックスって本当に気持ちぃぃ〜〜〜っ‼　ちんちんでイくイくイくぅ〜〜〜〜♡♡♡♡♡」

小便器の方から、たっ、たたん、と動揺の感じられる足音が聞こえた。

バカ、と俺は心の中で思った。

果南はまだおっおっおっおっと嘘《うそ》くさい喘《あえ》ぎ声《ごえ》を出していた。俺はそれを止めるために、無理やり彼女の唇を塞いだ。

ディープキスに移行する。そのことで一応、果南の馬鹿げた喘《あえ》ぎ声《ごえ》は止まる。

しかしそれで完全に音が消えたわけじゃない。

んーっ、ふふーっ、んーっ、ふーっのような、発情した獣の口づけの音のような鼻息混じりの吐息は続いていたし、その音はトイレ中に響いていた。さっき果南の喘《あえ》ぎ声《ごえ》を聞いたであろう誰かには、当たり前に聞こえているだろう。

その誰かはしばらく息を潜めていた。

だがすこし経《た》つと、逃げ出すように男子トイレから去っていった。手も洗わなかった。

完全にその男の子の気配が消えてから、キスをやめて俺は果南に言った。

「果南、どうするつもりだよ！」

すると果南は、いひひのような笑い声を漏らした。

「言ったでしょ、親友……。私はバレちゃった方が君を独り占めできて嬉《うれ》しいんだよ？」

その目はどす黒く濁っていて、はっきりと狂気が宿っていた。

俺は戦慄した。果南は本気なのだ。彼女の言葉の全てが本心であり、彼女は本気で俺を自分のものにしたいのだ。

直《す》ぐに射精しなければならない、と俺は思った。

できる限り早く射精して、即座にこのセックスを終わらせなければならない。

さっきの男の子が友達や教師を連れて、このトイレに戻ってくるかもしれない。可能性は高い。ってか俺があの男子の立場ならばそうするだろう。このトイレを利用するということは部室棟の二階を使う文化部の部員だろうけど、だとすると彼の部室とこのトイレは距離的にはあまり離れていないだろう。彼が部室に戻って、友達を呼んで、このトイレに来て……ああ、そう考えると直《す》ぐに戻ってきたっておかしくない。

しかし射精もせずにセックスを中断するなんてことは果南は許してくれないだろう。そんなことをしたら俺たちのハメ撮り動画を予告なくルインに送るなどの、より強い報復が待っているだろう。ほとんど間違いなくそうなるだろう。

もう即座に射精する以外に助かる道はないのだ。

俺は、果南が気持ちいいかどうかとかは全くお構いなしに、できる限り早く自分が射精に向かえるように、腰を勢いよく動かした。

すると果南は激しく自分を求めてくれるのが嬉《うれ》しいようで、痛がる様子もなく、こんなことを言った。

「出ちゃうの？　出ちゃうのなら残念だね！　もうちょっとで誰かが見つけてくれそうなのにさ！」相変わらずの大声だった。「じゃあせめて孕《はら》ませてね！　私を妊娠させてね！　お腹《なか》を大きくさせてね！　赤ちゃんはまだ欲しくはないし、育てたいという気持ちもないけれども、なんというかそっちの方が特別って感じがするもんね！　君だけの特別にされたっていう気持ちがするもんね！」

果南は内股になり、ぎゅーっと膣《ちつ》の奥を締めた。俺から一滴でも多く精液を絞り出そうとするように。その液体を自らの体内から逃すまいとするように。

「イけ‼　イけイけイけ‼　イけイけイけイけ‼」と果南は叫んだ。「孕《はら》ませて孕《はら》ませて孕《はら》ませて妊娠させてお腹《なか》を大きくさせて特別にして精子精液精汁精液汁子宮に一杯注ぎ込んで君だけの私なんだってことを今すぐ証明してみせて‼　出ろ‼　出ろ出ろ出ろ出ろ‼　バカの精液、猿のザーメン、考えなしの精子汁、私の赤ちゃん部屋に出ろ出ろ出ろ!! イけイけイけイけイけイくイくイくイくイくイくイくイくあぁぁあぁぁあぁイっ——」

その瞬間に俺は果てた。

灼熱《しやくねつ》を帯びてどろどろに濁った命のかたまりたちが、果南の子宮に繋《つな》がる陥穽《かんせい》へ無鉄砲に発射され、思わず目を瞑《つぶ》って顫《ふる》えてしまうほどの凄《すさ》まじい快楽がその後に続いた。

ああぁあぁあっぁああっああぁぁああああぁぁぁぁあぁぁあぁぁぁのような声と共に、果南はオーガズムを迎えた。

こうして俺たちの、初めての膣内《ちつない》射精を含む性行為は終わった。

＊

余韻に浸っている暇はなかった。さっきの男の子がいつ戻ってくるかわからなかったからだ。

果南は中出しの直後に流れ出てきた液体だけをさっとトイレットペーパーで拭くと、そのまま下着を穿《は》いてスカートを身に着けた。

俺も急いでパンツとズボンを穿《は》いた。残った精子がパンツに付着したが、気にしてられなかった。

ちょうど個室を出たところで、さっきの男の子が戻ってきた。

トイレに来た男子は三人いたが、そのうちの誰がさっきの子で、誰がその男の子に連れられてきた友達なのかは、ひと目でわかった。

一人の男の子は恥ずかしそうに目を伏せている。残り二人の男の子は行楽にでも来たみたいに、興味深そうな視線を俺たちに向けている。

前者がさっきの子で、後者がその友達だろう。

さっきの男の子はとても純朴そうな見た目をしていた。年下っぽいが高等部の制服を着ているので、たぶん高校一年生だろう。こんな子に卑猥《ひわい》な音を聞かせたのだと思うとちょっと背徳感を覚えるくらいだった。果南のふざけたオホ声を聞いて、演技ではなくて本当に女性はこう喘《あえ》ぐものだと思ってしまったかもしれない——そんな見当外れな心配をしてしまうくらいに初《う》心《ぶ》そうな子だ。

彼がトイレを出てから、二人の友達を連れてくるまでの間には、五分か十分くらいのタイムラグがあった。きっと純真な彼は、本当に人を連れてきていいものか葛藤したのだろう。しかし放っておくわけにもいかず、こうして友人と共にここに戻ってきたのだと思う。

俺たちはなんでもない顔をしてトイレを出ようとした。

すれ違いざまに、連れてこられた男の子のうちの一人がこう言った。

「あの……ここ男子トイレなんですけど……」

「だったら何？」と果南は言った。「女子が男子トイレに来ちゃ駄目なの？」

果南にしてははっきりした発音だった。あんまり強い声を出し慣れていないからだろうか、本当に拒絶しているように聞こえた。あるいは実際にしているのかもしれない。

俺は心の中で「いや、女子が男子トイレに来たら駄目だろ」と普通に突っ込んだが、果南の剣幕を前にして、誰もそれを口にできる人間はいなかった。

果南はぎゅーっと腕を組んできた。そして男の子たちの前で言った。

「いーよね、親友。女の子が男子トイレにいたってね」

ああ、そうだな、と俺はなるべく平然を装《よそお》って答えた。そんなことを聞かれたら、そう答えざるを得なかった。

「腰が痛いなぁ」と果南は三人の男の子にも聞こえる声でおどけてみせた。

戸惑う三人を残して、俺たちは腕を組みながらトイレを出た。

部室に戻った後、俺は果南の膣内《ちつない》にもう三回射精した。

Chapter.4

ルイン
—Ruin—

15 バッドランドⅠ -Badland I-

気がつくと俺は乾いた峡谷の上に立っていた。

見渡す限り砂と岩石が続いていて、地平線すらも白い山の稜線《りょうせん》に隠されていた。

俺は一体、どこから来たのだろう？　それを知るために四方八方を眺めてみたが、どの方角を見たって似たような風景が広がっていた。

奇妙な状況だ。しかしふしぎと不安にはならなかった。俺は岩場を気の向くままに歩いていった。天頂には白い太陽があったので、それを目印にした。

生き物はどこにもいなかった。西部劇であればコンドルが飛んでいそうな風景だが、全くもって一羽《わ》たりとも見つからなかった。蟻《あり》だって歩いていない。なんとなくだが、この場所には生物は一匹もいないような気がする。砂色の薄い草むらだって、生命力を失っているように見える。

そういえば、風も吹いていない。全くの無風だった。こんなにも野ざらしの峡谷であれば、普通はなにかしらの風が吹いているものだと思う。やはり変な場所だと思う。

やがて人影が見えた。

青い髪の女の子だ。彼女は振り向くと俺に言った。

「やあ、ワタ」

藤代《ふじしろ》ルインだった。彼女がここにいることには、なぜかあまり驚きはなかった。むしろ歩いている時から、彼女がいるという予感さえあった。

「やあ、ルイン」と俺は言った。

「ワタもここに来ちゃったんだ」ルインはちょっと嬉《うれ》しそうに言った。「ここに来るのは二回目かな？　それとも私にとって二回目なだけで、君にとっては一回目かな？」

「二回目？」

「だって君は私の夢の中で、一度ここに来ているでしょ」

そう言われて思い出した。何日か前の——あれ、いつだっけ？　ともかく果南《かなん》とのデートの日に、ルインは乾いた峡谷に立っている夢をよく見ると言っていたのだ。そしてその夢に俺が出てきたとも。

目の前には、あの日ルインに聞かされた峡谷そのままの風景が広がっていた。となると、俺はルインの夢の中に来てしまったのだろうか。

奇妙な場所にいるにもかかわらず、それ相応の奇妙さを感じないのも、ここは夢の中だから変なのは当たり前だと、気づかないうちに納得していたからなんだろうか。

本当にそうなのか？

村上春樹《むらかみはるき》の小説の登場人物でもないのに、『あなたは夢の中にいます』『はい、わかりました』のような呑《の》み込《こ》みの良さで、夢の中にいることをあっさり納得できるものだろうか？

それに、夢の中にいるにしては思考がクリアだ。峡谷に来たばかりの時は頭がぼんやりとしていたが、ルインと話している今は平常運転だった。本当に夢の中にいるならば、もっと思考は混乱していて、まとまりのないものになっていると思う。

「夢の中って感じでもなくない？」と俺は言った。

「そう？」とルインは意外そうに言った。

「夢の中っていうか、閉鎖空間みたいだよね」

「閉鎖空間って？」

「『涼宮《すずみや》ハルヒの憂鬱《ゆううつ》』っていう小説に出てくるんだよ。現実とすこしズレた、現実のそばにある現実とは違う場所。実世界と瓜二《うりふた》つなんだけど、暗くて人間がいなくて、そこで永遠に超能力者と『神人《しんじん》』ってやつが戦い続けてる」

「へえ、なんか格好いいね」

「現実と違うけど現実と地続きで、中にいる人たちの意識が普通っていう点で、この峡谷も似てるかなって」

「んーじゃあ、ここは閉鎖空間的な場所なのかな」とルインはあまり深い考えはなさそうに言った。「私もこれから、この場所を閉鎖空間って呼ぼうかな」

「ルインは今まで、この場所をなんて呼んでたの？」

「バッドランド」

「どうして？　バッドな土地《ランド》ってこと？」

「いや、バッドランドっていう名前の地形って本当にあるんだよね。和訳で『悪地』ね。ざっくり言うと『乾燥した峡谷』だね。涸《か》れてて植物があんまり生えなくて、全体的に荒涼とした谷になっていて、農業にも使えないし、開発も難しい、そういった不毛の地のことを言うんだって。日本にはあんまりないらしいんだけど、アメリカとかにはよくあるんだって。ここもバッドランドっぽいでしょ？」

「バッドランドの実物を見たことはないからなんとも言えないけど、ルインの説明を聞く限りはバッドランドっぽいね」

「でしょ」

「アメリカっぽいって言われたらそんな気もするね。……まあ、極めて曖昧なイメージを元にしゃべってるけど」

「私もイメージでしゃべってるよ」と言ってルインは笑った。「本当はバッドランズっていうふうに、複数形で言うって聞いたこともあるんだよね。でもバッドランズって言うとイメージが湧きづらくなるでしょ？　ランズから土地《ランズ》って、ちょっと連想しづらいよね。ランドの方がイメージが湧きやすいかなと思って、私はバッドランドって呼んでる。その方がこの場所に合ってると思って」

「なるほどね」結局はバッドな土地《ランド》だからそう呼んでるのか。

「うん、でも……」ルインは自分の顎に細い人差し指を当てて、悩ましげに言った。「たまに思うんだよね。もしもアメリカとかに行って、本物のバッドランド……つまりバッドランズを見た時に、この峡谷と全く違う風景だったらどうしようって。ここがバッドランズじゃなかったら、じゃあどう呼ぶのが正解だったのかって話になるでしょ。その時はここは私の夢の中のオリジナルのバッドランズであって、現実のバッドランズと違います！　って言い切るしかないと思ってるんだけど」

「まあ夢の中の土地だから、自由に呼べばいいんじゃない？」

「そう。だから実は全然悩んでないんだよね」と言ってルインは笑った。

「じゃあいいや」

そりゃあ、そんなことで本気では悩まないか。

ルインは改まって俺に聞いた。

「しかし、ワタはどうしてこの、私の夢の中的な、バッドランド的な、閉鎖空間的な場所にいるんだろうね」

「あ、その疑問にまで戻る？」

「うん」ルインはうなずいた。「私は最初、ここは夢の世界だから、ワタがいたって変じゃないのかなと思ってたんだけど、君の言う通り、夢の中でこんなにも普通に会話が成り立つことってないもんね。だからこの場所は、もしかすると単なる夢の中ではないのかもって」

「俺もそう思う」

「でも夢っぽさはあるよね」とルインは言った。「夢で見たのと同じ風景が、目の前に広がっているわけだから」

俺はうなずいた。確かに「夢っぽさ」はある。夢の中のような非現実的な空間じゃないと、岩場なのに風が吹いてなかったりとか、生命の気配がどこにもなかったりとか、俺とルインが気がついたらここにいたりとか……そういったふしぎ現象は起きないと思う。

だから、夢を土台にした、夢ではないけど、夢のような場所……？

自分でも何を言っているのかよくわからなくなってきたな。

「夢かどうか確かめるために、頬でもつねってあげようか？　目が覚めるかも」とルインは冗談っぽく言った。

「ルインの頬もつねってあげるよ」

ＤＶ彼氏だ、とルインはふざけて言った。自分がつねるのはいいのかよと俺は思った。

それからルインは地平線の方を何気ない様子で眺めた。

俺もつられて同じ方向を見た。バッドランドはどこまでも広大に続いていた。もしかするとこの空間には無限の広さがあるのかもしれないと俺は思った。

ルインはやや不安そうに言った。

「でも、ここが夢じゃないとすると、ちょっとヤバい気がするな。だって私、けっこう長くここにいるような気がするんだよね。ワタと会ってから段々と頭がはっきりしてきて……うん、ここに来てから半日くらい経《た》ってる気がする。お母さんは心配してないかな？　学校も休んじゃってないかな？　そもそもこういう場所の時間の流れって、現実の時間の流れと比例してなくて、そういうのもあって最終的に辻褄《つじつま》が合ったりするのかな？」

俺は何も答えられなかった。『こういう場所』と言われても、当然ながらこういう場所に来たのは人生で初めてだった。だからどういう法則があるのかもわからない。

「ていうか、なんで私お腹《なか》が減らないんだろう。ワタはお腹《なか》減ってる？」

「いや、あんまり」

「トイレに行きたかったりする？」

「そういう気持ちもないな」

「ワタはここに来るまでの記憶ってある？　ここに来る前の最後の記憶とか」

俺は首を振った。

「それが、さっきから考えてるけどないんだよ。ルインは？」

「私もない。……っていうか今日って何月何日？」

「それもわからない。同じことを考えてたんだけど」

俺たちはつい黙り込んだ。段々と、さっきまではなかった危機感や恐怖が顔を出してきた。

俺たちはこの空間の正体を知らない。今が何月何日かもわからない。ここに来るまでの記憶もない。

極めて無防備な状態だと思う。下手をすれば永遠にここに閉じ込められて、一生出られない可能性もある。

悲観的になりかけた。だがルインが微笑を浮かべて言った。

「ま、きっと大丈夫だよ」ルインは肩の後ろで手を組んで、ストレッチのように体をぐるりと回しながら言った。「ここに来たのも、たぶん何かの縁だよ。だからそんなに気にしなくていいんだと思う」

「そっか」

と俺は言う。ルインが前向きになったので、俺もなんとなく楽天的な気分になる。彼女はそういう、周囲を照らす光のような力を持った女の子なのだ。

「それよりも、私はワタと話したいな。こんなにもゆっくりと話せそうな環境ってないし、もうワタと久しく話してないような気がするから」

言われてみれば、俺もルインと久しく話をしていないような気がした。この世界に来たからそう思うのか、あるいは現実でもあまりしゃべっていないのか、しゃべってはいるけど心を通わせられていないと感じているのか、状況のわからない俺には断言できないが、ともかくそう感じた。

ルインはバッドランドを、適当な方向に歩き出した。俺はその隣を歩く。

「何話す?」とルインは聞いた。

「なんでもいいよ」と俺は言った。

「じゃあ、あれが聞きたいな」

「どれ?」

と聞くと、ルインは不意に黙り込んだ。

それから指をひらひらさせ、ごまかすように言った。

「あーいや、最初に話すトピックとしては良くなかったかも。別の話をしよう」

ルインは苦笑を浮かべた。でも俺は、ルインが切り出しあぐねている、その話こそするべきだと思った。こんな場所に来たからには、外の世界では話せないようなトピックを話題にするべきだ。

「ううん、それについて話そうよ」と俺は言った。

「そう?」とルインは不安げに言った。「その話をしたら、もうする前には戻れないよ」

「それでもいいよ。なんだか最近の俺たちは、あんまり本当のことを話してない気がする」

そっかとルインは言った。その言葉は乾いた峡谷の中で、独特の反響を帯びていた。

ルインのまとう空気が変わった。真剣な話をしようとしているのだと思う。だから俺は彼女が話し出すまで、彼女の隣を歩きながら待っていた。

やがて決意が固まったのか、ルインは語り始めた。ぽつりぽつりと、しかし明瞭な発音で。

「土曜日の……いつの土曜かはわかんないけど、君と通話した時があったね。昼寝をしていたら、ちょうどこのバッドランドの夢を見て、君が暗闇の中に落ちていって……それで不安になって電話をしたんだ」

俺はうなずいて、話の続きを促した。

「その電話、なんか変だったよね。なんか水っぽい音と、人の声みたいなのが聞こえてきて……」ルインは弱々しい声で言った。「ともかくその日を境に、君の様子がおかしくなっていった気がするんだ。それで、その……ああ、もう、単刀直入に聞くよ」

ルインは俺の方に向き直ると、まっすぐな目つきで俺を見ながら言った。

「全部話して欲しいんだ。君と果南ちゃんの関係について」

16 発覚、さよなら、桃谷沙織 –Exposed, Good-Bye and Saori Momoya–

果南《かなん》と学校のトイレでセックスした翌日、俺は普段と同様に学校に行った。

いつもと同じような一日のはずだが、いつものような現実感が感じられなかった。足が地面を踏んでいても、そこに自分が立っている気がしない。目の前を通り過ぎる人たちが、実在しない陽炎《かげろう》のように思える。

昨日の激烈な出来事の余韻が、熱病のように俺を浮かしているのだと思う。俺はふわふわとした足取りで教室に向かった。

クラスメイトたちはどこか浮き足立っていた。これに関しては俺の思い過ごしではない気がした。普段よりも騒がしいし、日頃は交流のないクラスメイト同士が軽口を叩《たた》いていたりする。なにかの噂話《うわさばなし》をしているようにも見える。

その時だった。

誰かが俺を指差して、小さな声でなにかを言った。

ん？

もしかして……俺の陰口を言ってる？

俺は目立たないがゆえに、あまり人に嫌われないタイプの人間だ。だから誰かに陰口を叩《たた》かれた経験なんて今までになかった。

だから本当に陰口だったのか、いまいち確信が持てない。

自席に着くと、ふと誰かに話しかけられた。

「……あのさ……宮澤《みやざわ》くん」

桃谷沙織だった。

桃谷はルインの友達で、俺とルインが付き合っていることを知っている数少ない人間の一人だ。おっとりとした誰にでも優しい女の子で、皆のお姉さんといった雰囲気を持っている。

そんな彼女が今は表情を曇らせている。そして俺に疑うような視線を向けている。

「おはよう、桃谷」

とりあえず俺はそう答えた。

なにか不都合なことが起きている気がする。でもそれがなにかは今のところわからない。

「ちょっと、その……聞きたいことがあるんだけど……」

桃谷は相変わらず神妙な顔つきで俺に訊《たず》ねてきた。

「どうしたの？」

と俺は聞いた。思わず硬い声が出た。

「その……」桃谷はなにかを口にしかけてやめた。「えっと……」

そうこうしていると、桃谷の遊撃隊のような趣《おもむき》で、桃谷の友人の江崎由奈《えざきゆな》とルインが、そっと桃谷の後ろに現れた。

「昨日の放課後のことで——」

と桃谷が言いかける。その瞬間に、出し抜けにルインが遮った。

「あ、あーっ、あのさ！　その質問、聞くのは私がやるよ！」

不意の大声だったから、ちょっと変な感じになった。桃谷と江崎も小さく驚いて、ルインの方を振り返った。

「本当にいいの？　だってルインは……」

桃谷はそう言った。ルインを気遣うような口ぶりだった。

「心配しないでよー。別に全然平気だよー」

とルインは明るい声で答えた。ただ無理をして元気に振る舞っている印象もあった。

ルインは意図的に思える微笑を俺に向けて、こう言った。

「次の休み時間に二人で中庭へ行こうよ」

ぼんやりしているうちに授業が終わり、次の休み時間が来た。

ルインと連れ立って廊下を歩き、中庭に向かった。

そうしていると俺がルインに告白をされて、偽りの交際を始めた日のことが思い出された。その交際は翌日のデートで本物になり、俺たちは恋人同士になった。まるで夢の中にいるような二日間だった。

俺たちは中庭にたどり着いた。

あの日と同じようにチェアに座り、テーブルを挟んで向かい合った。

「じゃあ、聞くね」とルインが言った。

俺はうなずいた。

するとルインも俺につられてうなずき、わずかに決心するような間を空けてから口を開いた。

「昨日の放課後、部室棟の男子トイレで、カップルがエッチしてたって噂《うわさ》があるんだ」

俺は言葉を失った。ようやくクラスメイトたちの浮《う》ついた態度の理由がわかった。俺たちがトイレでセックスをしたことが噂《うわさ》になっていたのだ。

冷静に考えたら、なって当然だ。あの時すれ違った三人の男子生徒が部室に戻って、「トイレでエッチしてる人がいました」と周りの部員に言ったら、噂《うわさ》が始まる。

同じことを教師に言っていたら、もっと大事になっていただろうから、噂《うわさ》で済んでいる今は、まだマシなのかもしれない。もちろん今後、教師に話が行って、今以上の大事になる可能性もあるけれど。

ともかく俺は答えた。

「……何それ、デマだろ」

動揺のあまり、つい感情的に否定してしまったという感じだった。

するとルインは眉をひそめて言った。

「なんでデマって言い切れるの？」

「あ……いや」どう答えよう。なるべく自然なことを口にしなければ。「だってそれ、いかにも嘘《うそ》っぽいじゃん。高校生の好きそうな話だし」

「まあ、それはそうだね」とルインは認めた。「でもね、目撃者も目撃証言もはっきりしてるの。将棋部の一年生の男子生徒三人が、部室棟の二階の男子トイレの一番奥の個室から、カップルが出てきたのを目撃したんだって」

「どうして将棋部の噂《うわさ》をルインが知ってるの？」

「モモが将棋部だから」

「そうなんだ」

「うん。全国大会だって出てるくらいなんだよ」

「へー」

………。

昨日会った三人の男子生徒が、ルインの友人である、桃谷の将棋部の後輩だった。

俺たちとすれ違った後、たぶん彼らは部室に戻って、男子トイレでカップルがセックスしていたことをそれから桃谷に報告した。

桃谷はそれからどうしたんだろう？

「あと、この噂《うわさ》を知ってるのって私だけじゃないから」とルインは言った。「校内でエッチをしてた人がいるって、けっこうセンセーショナルな噂《うわさ》でしょ？　だからクラスの半数くらいの人はもう知ってるよ」

クラスメイトたちは目に見えて浮き足立っていた。ルインの言う通りなんだろう。

「あのさ」俺は口を挟んだ。「トイレから男女が出てきたのを見ただけじゃ、エッチをしてたとは断言できないんじゃ……」

「何言ってんのワタ」ルインはたしなめるように言った。「思春期のカップルが同じトイレの個室に入ってたんだとしたら、やることなんて一つだよ」

「ああ、そっか……」変なところで突っ込んでしまった。

「そうだよ」ルインははっきり言った。話の腰を折られたというふうに。「それに、その男子生徒のうち一人は、なんか喘《あえ》ぎ声《ごえ》とか聞いたらしいんだよね。恥ずかしがりな子だから、モモは詳しくは問いただささなかったんだけど、モモによると、嘘《うそ》とかはつかない子だから本当だろうって」

「………」

果南のふざけたオホ声のことだろう。実はあの声については、思い出すたびにちょっと腹が立っていた。『バレちゃった方がいい』と言っていたが、あそこまでやるだろうか。

「……で。モモは犯人を見つけたいと思ったんだって」とルインは言った。「そういうことをする人が部室棟にいるのってちょっと怖いし、その男の子も傷ついてるっぽかったし、道徳の観点から考えて、そういうことをする人は捕まって、先生に叱られるべきなんじゃないかと思ったんだって」

「………」

「あと月曜日の部室棟って、活動してる部が少ないらしくて、部室を一つ一つ訪ねていけば、犯人を突き止めるまで、それほど時間はかからないと思ったんだって」

「へえ」と俺は相槌《あいづち》を打った。やや嗄《か》れた声が出た。

「といっても」とルインは言った。「犯人探しを始めてからモモは気づいたらしいんだけど、よく考えたらその犯人が、文化部の人じゃない可能性も全然あるんだよね。つまりは、部室棟に忍び込んだ外部犯である可能性。というか冷静に考えると、そっちの可能性の方が高そうだよね。だって、月曜日に部室棟を使っているカップルが、そのまま同じ建物の男子トイレでエッチしてましたなんて、いくらなんでもバレやすすぎるから」

「確かに、迂闊《うかつ》すぎるよね」外部犯という結論にならないかと思って、強めに相槌《あいづち》を打ってみた。

「まあでも、そのことに気づいたのは調査を開始した後だったから、モモはとりあえず部室棟の各部室へ聞き込みを始めたんだって」

「そうなんだ」

「そう。で、カップルを目撃した男子生徒を三人連れて、一つ一つの部屋に行って、こういう経緯でトイレでエッチしてた人を探してます、って話をしたんだって。校内でエッチしてた人がいるなんて異常事態だから、どの部も協力的になってくれて、調査に加わってくれる人の数もどんどん増えていったんだって。それに三人の男子生徒はエッチしてたカップルを見てたから、一つ一つの部室に犯人がいないことを確認していって、それで二階にはいないから三階に行こっかって話になって三階に行ったんだって。調査の途中で増えた協力者をＲＰＧの仲間みたいに引き連れてね」

「…………」

「それでね、三階の部室も同じように回っていったんだけど、一つだけ、中に人がいるのに鍵がかかっている部室があって、その部の人には話が聞けなかったんだって」

俺は息を呑《の》んだ。ルインは続けて言った。

「三階の一番奥にある部室、つまり――」

もうルインがなにが言いたいかがわかった。どうしてこれまで、遠回しに話してきたのかも。

ルインははっきりとした声で言った。

「それが、映像研究部の部室」

「………」

俺はつい黙り込んでしまった。どう答えればいいかがわからなかった。

ルインは意図的に感情を抑えているような、淡々とした口調で俺に訊《たず》ねた。

「ねえ、どうして君たちは部屋に鍵をかけていたの？」

「どうしてって？」と俺は上ずった声で問い返した。

「だって私が映像研究部に行った時は鍵をかけていなかったし、そもそも部室棟って中から鍵をかけるのは禁止らしいよね？　モモはそんな使い方、一回もしたことないって言ってたよ。かけたいとも思わないし、先生に見つかったらガミガミ怒られるからって」

ドアに鍵をかけていた理由——。

それはもちろん、果南とセックスしているところを、他人に見られないようにするためだ。先週の月曜日からずっと施錠《せじょう》している。

ルインの言う通り、部の規則には違反している。見つかったら教師にも怒られるだろう。いわゆる『優等生的な部活』をしていた俺たちからすると、考えられない行動だった。でももう、そういうことは気にしないことにしようと果南は言っていて、俺もそれに従っている。

そうだ、思い出した。

昨日、俺は部室で果南に三回挿入して三回中出しをしたが、二回目と三回目の間に、ドアをノックしてきた人がいたのだ。

ドキッとした。たまたま果南が喘《あえ》いでいないタイミングで来てくれて助かったと思った。運が悪かったらドアの隙間から、果南の喘《あえ》ぎ声《ごえ》が漏れ聞こえていたかもしれない。

俺たちは両方とも全裸だったから、応対はしなかった。というかできなかった。

ノックをしてきた連中は、黙っていたらいつの間にかいなくなっていた。

嫌な予感がしたし、ペニスも萎えてしまったから、もうセックスはやめようと果南に言ったのだが、意地悪な果南にバイブレーター責めを受けてその気にされてしまい、三回戦目に突入した。

セックスが終わると、もうノックのことは忘れていた。

……というか、果南を妊娠させてしまったかもしれないという懸念《けねん》が、あらゆる心配を上回っていて、他の考えを打ち消していた。

下校中の電車で、俺はグーグルに『妊娠　確率』『妊娠　何日でわかる』『妊娠検査薬　何日でわかる』といった検索ワードを入れて、検索結果を読んでは鬱になっていた。そんな状態だったから、不審なノックのことなんて、まるで頭に浮かばなかった。

どうやらあれが桃谷たちだったようだ。

「へえ……そんなことがあったんだ」と俺は言った。「ノックされてたなんて、全然気づかなかったな……」

「で、どうして鍵をかけていたの？」

とルインはちょっと前にしたのと同じ質問をした。

ああ、そうか。さっきの質問に答えられていなかった。それどころか、質問にそぐわない返事をしてしまった気がする。

俺はすこし考えてから言った。

「映画に集中したいって果南が言うから。ほら、果南ってちょっと変わった子だろ？」

「まあ、果南ちゃんはちょっと変わってるよね」とルインは認めた。やや他意のある言い方に思えたが、そのことには気づかないふりをした。

「だから、映画が盛り上がっている時に人が乱入しないかが気になるみたいだ。本気で他人を締め出したいわけじゃなくて、精神的に隔絶されたい感じらしくて。ともかく気持ちの面で人が来ないことがわかっていれば、それだけでも安心できるんだって。そう言われたら俺も、部室に来る人なんてほとんどいないし、閉めちゃってもいいかなって気になってきて。それで、たまに閉めたりしてるんだよ。ルール的にはあんまり良くないんだろうけど」

理由として適切かはわからないけれども、応答としてはさり気なく言えたと思う。

施錠《せじょう》の理由を聞かれた時の答えは、何度か頭の中でシミュレーションしていて、それが役に立ったのだろう。

俺が挙動不審だったからか、さっきまでルインはかなり俺を疑っている様子だった。だが今の発言が自然だったからか、すこし持ち直したように見える。

やっぱり、ルインは俺を信じたいんだと思う。もしも俺が赤の他人だったら、こんなにも簡単に信頼を取り戻せてはいないだろう。

ルインは言った。

「じゃあ……信じていいのかな？」

どう答えるべきか迷ったが、俺は一回わからないふりをしてみせることにした。

「……えっと、何を？」

「昨日の放課後に、部室棟の二階の男子トイレでエッチしていたのが君たちじゃないって」

俺はすこしの間を空けて、苦笑と共に言った。

「え……何それ、当たり前じゃん」なるべく戸惑ったような言い方を心がけた。「……俺って、そんなことで疑われてたの？　まさか、そんなことするわけないじゃん」

ルインは感情を交えない瞳で俺を見ていた。彼女はたった今、何を考えているんだろうと俺は思った。俺の潔白を信じてくれているのか、あるいは罪を犯しながらにして、否認しているクソ野郎だと思って軽蔑しているのだろうか。

どちらにしても演技を続けないわけにはいかなかった。だから俺は白を切って言った。

「……あ、そうなんだ。びっくりした。まさか俺が疑われてる流れとは思わなくて」

ルインがどう思っているのかはわからないが、段々と演技が自然になっている自覚はあった。施錠《せじょう》の理由を聞かれた辺りから、調子が良くなってきている。

たぶん、俺を信じたいというルインの気持ちが伝わってきたからだと思う。その気持ちに付け込むような形で、自然と嘘《うそ》をつけるようになったのだ。

しかし、やや手遅れな印象もあった。今更嘘《うそ》が得意になったところで、事態に収拾がつくとも思えない。

ただ、ルインは一時的に気を良くしたみたいだ。微笑と共にこう言った。

「だよね。ワタはそんなことはしないよね。馬鹿な行為という意味でも、浮気《うわき》という意味でもね」

そうだ。俺が犯人だとすると、二重の意味でモラルに反することになる。愚行という意味と、浮気《うわき》という意味と。

「そうそう。そもそも俺って、果南とそういう仲では全くないからね。……てか、あるわけないじゃん」

俺は肩をすくめた。

ルインは自然な笑みを浮かべた。どうやら彼女の疑いは、かなりの程度晴れてくれたらしい。「疑ってごめんね。ワタがそんなことをするはずないよね」ルインはそう言ってうなずいた。「疑っちゃってさ」

「えぇ……心外だね」俺は顔をしかめた。

「ほんとそうだよねー」ルインは語気を強めた。「モモによると、集まった人たちの総意として、映研が怪しいっていう結論になったんだって。だからモモ一人の責任じゃないの。モモのことを嫌わないであげてね」

「大丈夫だよ。規則に違反して、タイミング悪く鍵をかけてた俺たちのせいでもあるから」と俺はいたわるような声で言った。

それからルインは白い手を架け橋のように伸ばして、彼女本来の元気さと共に言った。

「仲直りの握手！」

俺は当たり前のようにその手を取った。

ルインの手は華奢《きゃしゃ》な感じがした。改めて触ってみると、こんなにも壊れやすそうな手だったのかと驚くくらいだ。俺はわずかに力を抜いて、その手を握った。

するとルインは目を丸くした。苦笑と共に俺に言った。

「うわー、すっごい汗かいてるね」

指摘されて初めて気づいた。その事実は俺を動揺させた。夏場だから汗をかいていること自体は当たり前だけれど、なんだか俺が今汗だくなのは、嘘《うそ》をついた傍証のように思えてきたからだ。

「なんでもないよ」

と俺は言った。なにが『なんでもない』のかはわからなかった。後になって思い返してみると、もっと気の利《き》いた返事があった気がする。でもその時の俺には、それしか言えなかった。

＊

ルインの疑いは晴れたんだろう。

だが、だからと言って俺と果南が罰を免《まぬが》れたかというと、全くそうではないだろう。

俺を指さして、陰口を言っていたクラスメイトのことを思い出す。ルインの『集まった人たちの話の流れでは、映研が怪しいという結論になった』という情報も。

俺と果南は、どうやら部室棟の文化部の人たちには、はっきりと疑われているようだ。

その疑いは既にクラスメイトたちにも伝播《でんぱ》していて、陰口を叩《たた》いてもいいくらいには、俺たちへの容疑はポピュラーなものになっているようだ。

だとするとこの後は、俺たちがセックスをしていたという噂《うわさ》が、ますます広まっていき、既成事実化していくだけだろう。

それは既成事実であると同時に紛れもない事実なのだから、俺たちには覆《くつがえ》しようがないし、状況は悪化することはあれど、改善することはないだろう。

破滅へと向かうトロッコに俺たちは乗っている。

ブレーキもなく、引き返す手段もなく。

＊

その日の放課後、俺とルインは久しぶりにデートに出かけた。俺たちがデートするのは約二週間ぶりだった。

部活に来ないと動画をばら撒《ま》くと表明していた果南だが、その日俺が休むとラインを送ったところ、『いいよ』と言っているゆるめのアニメキャラのスタンプが送られてきただけだった。鎖に繋《つな》がれた犬にも、たまには自由が必要だと思ったのだろうか。

だから俺たちは放課後、各々《おのおの》が自宅に帰って私服に着替えた後、駅で落ち合った。

駅で会ったルインは鎖骨と肩の見えるオフショルダーのブラウスに、デニムのミニスカートを穿《は》き、底の厚い黒のブーツを履いていた。

触れ合いホルモンを分泌しよう、と言うルインに腕を組まれて、電車に乗った。

大きな繁華街のある駅で降りて、そこにあるファッションビルの一つに入った。

店内にはたくさんのアパレル店が入っていたが、ルインが「甘いものでも食べない？」と言うので、まずは最上階のフードコートに行った。俺たちはエネルギー消費量の多い高校生だから、昼下がりに時々ガス欠になる。

フードコートにはスイーツを扱っている店が多くあった。

俺はこういう場所にはあまり来ないので、つい果物がたくさん盛られた豪華なクレープを買ってしまったが、ルインは俺とは対照的にオーソドックスなソフトクリームを買っていた。

「シンプルだね」と俺は言った。

「だって、夕食の前にお腹《なか》がいっぱいになりすぎると良くないでしょ」

思ったよりも考えのある返事が返ってきた。そう言われてみると、確かに俺のクレープは、食べるとおにぎり二つ分くらいお腹《なか》が膨れてしまいそうだった。

「ワタは目先の欲に負けちゃったのかな？」

とルインは笑った。話の内容とは関係ないが、『目先の欲に負ける』という言葉は最近の俺の行動を表しているようで、ちょっと胃が痛くなった。

「折角だから分け合おうよ。私、ワタのクレープも食べたいな」

「お腹《なか》が膨れちゃうけどいいの？」

「こういう時は楽しさ重視でしょ」

とルインらしく気まぐれなことを言った。

俺たちはフードコートの一角に座った。そしてスイーツを分け合った。

クレープは千切って渡そうと思っていたのだが、ルインは分けるのが面倒だと言って、普通に俺のクレープに嚙《か》みついていた。俺が口を付けた場所とは違うところを食べていたが、間接キスってレベルじゃない状態だ。

俺もルインのソフトクリームを貰《もら》った。ソフトクリームなんてさらに分けようがないから、こちらも直接食べる形になる。

なんだか俺たちって、すごいバカップルみたいに見えてるんじゃないか？

そんな恥ずかしさのせいか、俺はついこんなことを言った。

「間接キスを完全に超えてるよね」

「間接キス以上、直接キス以下だから大丈夫じゃない？」

事も無げにルインは言った。まあ、直接キス以下と言われればそうだが。

「だいたい間接キスって世の中で気にされすぎじゃない？」とルインは言った。「その言葉があるせいで、ペットボトル飲料をちょっと他人に共有したいだけの時も『あ、できない』ってなって、不便さと時めきが釣り合ってない気がする」

「衛生的なことを気にする人もいそうだけど」

「そういう人はいるとして」とルインは言った。「それはそれとして、今の私たちの状態は、間接キス否定派の私が見たって、しっかりと間接キスだね」

そうだよな、と俺は言った。遅れて羞恥心がやってきて、頬が熱くなった。

それから、なにを純情ぶっているんだろうと俺は思った。間接キスなんかで恥ずかしがる段階を、俺はとっくに通り過ぎている。もっと露骨であられもないことを、俺は果南と繰り返しているのだ。

でも今、現に頬が熱くなっている。なんてことを考えていると、ルインが「でもさ」と言って話題を変えた。

「まさか、学校のトイレでエッチしてる人がいるなんて衝撃だよね。私、最初に言っておくけど、君がトイレでエッチしたいとか言ったら即別れるからね」

昼間の話の続きだろう。事件の話はもうしたくなかったけれど、衝撃的な事件だったたし、俺も疑われていたのだから、ついその話題になってしまう気持ちもわかる。

「言うわけないじゃん」と俺は言った。あまり自分に水を向けられたくなかったので、ルインに話を向けた。「ルインの昔の恋人の中に、トイレでヤろうとした人っていたの?」

「いたよ」あんまり言いたくないけど、という感じでルインが言った。「けっこう歴代の彼氏の中でワーストランキングに入る人だったな」

「へえ」

ルインは誤解を招きたくないと思ったのか、早口で言った。「その時は私、ちゃんと断ったし、すぐに別れたからね。トイレでしようとか、提案されるだけで嫌じゃん。なんかこう、自分が軽視されてる気がする。色々と雑すぎるでしょ」

「まあ、そうだね」俺はなるべく感情を表に出さないようにしながら言った。

「学校のカップルも、なんでトイレなんかでしてたんだろうね」

「なんでだろうね」俺はすこし考えてから言った。「もしかすると、そういう杜撰《ずさん》な場所でヤってる、浅ましく性欲を満たしてる自分たち……みたいなシチュエーションに欲情してたんじゃないかな」

「え、まさかトイレでエッチしたい派⁉」

「あ、一般論として」

「そんな一般論あるの⁉」

「いや……」あるのか？　どうなんだ。「なんか聞いたことがある気がする」

「あるんだ……」とルインは言った。「シチュエーションで興奮するって、確かにわからなくもないけど、それってあくまでサブ要素じゃない？　エッチ自体に支障が出たら意味がないと思うんだけど。だってトイレってヤりづらいでしょ。単純に環境として良くないでしょ」

実際にヤりづらかった。背中と太ももに便座が食い込みまくった。ただそんなことを言うわけにもいかないので、「そうだよね」とだけ言った。

「そんなの、倒錯だよ。性的倒錯」

倒錯、というルインの言葉を俺は脳内で復唱した。

ルインは倒錯は好きじゃないんだろう、と俺は思った。ルインは以前『性癖を話す会をしよう』と言っていて、それには乗り気のようだったので、性癖は好きで倒錯は嫌いというふうに、彼女の中でなんらかの区別がされているのかもしれない。

「トイレの中でエッチをする男は、絶対に現実とＡＶを混同してるよね」とルインは言った。

「前触れもなく痛い手マンをガシガシやってきそうだし、クンニの時に必死すぎて変な顔になりそうだし、自意識過剰そうだし、セックスの環境も整えられないくらいだから、たぶん部屋とか不潔だし、女の子への努力ができないくらいなんだから自分を磨く努力もできなそうだし……全くもって、彼氏にしたくない男のナンバーワンはトイレでヤる男だね。学校でエッチしてたカップルの女の子の方も、よくそんな男と付き合ってあげてると思うよ」

段々と胃が痛くなってきた。過去に付き合っていた男のせいでルインの意見が極端になっている気はするが、なんにせよルインにとってトイレでヤる男の印象は最悪のようだ。

犯人が俺であることがバレたら、ただ軽蔑されるだけではなく、二重三重四重の軽蔑を浴びせられそうな気がした。

その時だった。

画面を上にして置かれている、ルインのスマートフォンが光った。

なにかしらの通知が来たのだろう。さっきから三、四回くらい光っているから、それ自体は珍しいことではないと思う。

その三、四回と同じように、ルインは何気なく画面に目をやった。どうせ大した内容ではないだろうという表情で。

だがその瞬間にルインの目の色が変わった。

彼女は目を見開き、スマートフォンに表示された通知をタップした。すると彼女のスマートフォンの画面がラインに移り変わった。

どうやらラインのメッセージがルインに送られてきたようだ。それも、今すぐに内容を確認したくなる内容の。

ルインの画面には大きな白い吹き出しが表示されていた。どうやらかなり長いメッセージが送られてきたようだ。ルインはそれをしばらく一心不乱に読んでいた。

会話の最中にしては、明らかに不自然な沈黙が訪れた。

『何かあったの?』『様子がおかしいよ』『変なメッセージでも来たの?』

そんな言葉がいくつも頭に思い浮かんだ。それらの言葉は、たぶん普段であれば口にしていた台詞《せりふ》だった。

でも俺はもう、直感的に手遅れなことがわかったから何も言わなかった。

出し抜けに落とし穴に落ちたみたいに、俺たちは急に無言になった。

俺は判決を言い渡される前の被告人のような気持ちで、ルインが話し出すのを待っていた。

ルインは既に、送られてきたメッセージを一回は読み終わっていた。今はそれを何回か読み直して、内容を確認しているようだった。あるいはただ画面を上下にスクロールしながら、考えに耽《ふけ》っているようだった。

しばらく沈黙が続いた、その後だった。

ルインは自分の手元にある紙コップを手にすると、中の水を俺に向かって勢いよくぶっかけ

た。

その水は俺の顔とシャツの前側を濡《ぬ》らした。コップの水は多くはなかったからさほどは濡《ぬ》れなかった。

ただ水をかけられたこと自体がショックだった。彼女にそんなことをさせてしまったこともショックだった。

俺はただ呆然《ぼうぜん》として、言葉を失っていた。

ルインは立ち上がると、椅子にかけてある自分のハンドバッグを肩に提げた。

どうやら帰るつもりのようだ。ルインは去《さ》り際《ぎわ》にこう言った。

「……さよなら」

◆◇◆

桃谷沙織はその日も、三人の男子生徒を連れて映像研究部の部室に向かった。

昨日の放課後、部室棟のトイレでエッチしていたカップルを特定するためだった。

今日の午前中に、ルインに宮澤恆《わたる》を取り調べしてもらった。ルインは桃谷に『ワタはシロだったよ』と報告したが、正直なところ桃谷はその結論をほとんど信じていなかった。

むしろ、限りなくクロに近い宮澤恆をシロだと言い張るルインがいじらしく感じられて、気の毒に思えたくらいだった。

いくつかの証拠から、桃谷は宮澤恆が犯人だと推測していた。ルインには話せなかったが、映像研究部の隣にある数理研究部の部員は、先週から何度かソファがギシギシときしむような音や、女の子の喘《あえ》ぎ声《ごえ》のようなものが、隣の部屋から聞こえてくることに気づいていたという。

ただ音自体が小さかったのもあって、本当にそれが女の子の喘《あえ》ぎ声《ごえ》なのかどうか、部員たちはいまいち確信を持てていなかった。例えば家具を移動していて、床で滑り止めが擦《こす》れている音ではないかとか、犬猫の鳴き声じゃないかとか、そんな議論がなされて、真相は定かでないままだったという。もしもあれが本当に喘《あえ》ぎ声《ごえ》だったら納得がいくと部員たちは言っていた。

また、宮澤恆と蔦原《つたはら》果南がベタベタしているのを見たという目撃証言もあった。スキンシップが過剰だったので、目撃者は二人が恋人同士であると思い込んでいたそうだ(桃谷は仮に宮澤恆が犯人じゃなかったとしても、この情報だけはルインに伝えて、宮澤恆との付き合いについて考え直させた方がいいんじゃないかと思った)。

桃谷が調査を始めた動機は、最初は正義感だった。しかし今は、半分ルインのためのような気持ちになっていた。

宮澤恆が犯人であるならば、それを早く証明して、一刻も早くルインに交際をやめさせるべきだ。そしてそのことは、あとすこしで証明できそうなのだ。

江崎由奈は、よく「ルインは変な男とばかり付き合っている」と言っている。桃谷は口には出さないが、全く同じことを思っていた。というか口に出さないだけで、江崎よりも猜疑心《さいぎしん》が強い自覚があった。ルインが男を見る目は本当にヤバくておかしいのだ。

桃谷はルインの男運のなさについて、独自の説を持っていた。

ルインは確かに男を見る目がない。だがそれに加えて、ルインと付き合い始めた男が、こ、と、ご、と、く、お、か、し、く、な、っ、て、い、く、のも、結果的に男を見る目がないように見える理由ではないか？

桃谷は何度か、ルインの恋バナを聞いて「今度の男は大丈夫そうだな」と思ったことがあった。主観的にそう思うだけじゃなくて、客観的に見ても大丈夫な材料が揃《そろ》っていると思う時もあった。だがそういう時に限ってルインの恋人は、風邪をこじらせたかのようにろくでもない男に変わっていく。

もしかするとルインのような可愛《かわい》い女の子と付き合うこと自体が、男性にとってはプレッシャーがかかることで、そのせいで頭がおかしくなっていったりするのかもしれない。

だとすると、男なんてろくなもんじゃないなと桃谷は思った。もしも自分が男で、ルインのような素敵な彼女ができたなら、一生を懸けて彼女に尽くすこと以外、何も考えなくなるだろうに……。

ともかくルインの彼氏というだけで、ひょっとしたら陰で変なことをしているのかもしれないという、逆・信用のようなものが桃谷の中で生まれるのだった。

だから宮澤恆も、ろくでもない男なのかもしれない。

確かめなければ。

というわけでその日も、桃谷は三人の男子生徒と共に、映像研究部の部室に行った。ドアをノックする。返事がないのでドアノブを回してみるが、昨日と同じように鍵がかかっていた。鍵をかけるのは部活のルールに違反しているのに、どうしてかけているんだろうと桃谷はすこし苛立《いらだ》った。

桃谷はふたたびドアを強くノックした。するとすこしの間があって、中から一人の女の子が出てきた。

蔦原果南だ。

江崎によると、編入試験で入ってきた女の子らしい。言われてみれば記憶にあった。地味な女の子だというイメージがあった。そして実際に野暮ったい印象があった。制服の丈のバランスが悪いし、髪には寝癖が残っている。

ただよく観察してみると、意外なほど容姿の整った子だと桃谷は思った。こんなに可愛《かわい》い子がうちの学校にいて、人知れず埋もれていたのかと思うと、新鮮な驚きがあるくらいだ。

だが容姿がいいことが、却《かえ》って桃谷の疑いを強めた。

宮澤恆と蔦原果南は、たった二人で部活を行っていたらしい。部活動には最低五人が必要だが、残り三人は幽霊部員になっていたそうだ。

こんなに可愛《かわ》い女の子と密室で二人きりになって、手を出してないわけがない……と、桃谷はやや性急な推論を行った。彼女は思春期の女の子らしく、男子全体に対する偏見交じりの不信感を持っていた。男子なんて全員サルなのだ。

ともあれ、今回の桃谷の推理は当たっていた。桃谷が事情を説明し始める前に、男子生徒のうちの一人が、食って掛かるように果南に言った。

「お前、昨日男子トイレに入ってただろ！」

「桃谷先輩、この人で間違いないです！」ともう一人の男の子が言った。

「こ、この人です……」ともう一人の男の子はもじもじしながら言った。最後の子が、トイレで果南の喘《あえ》ぎ声《ごえ》を聞かされた、田倉《たくら》という男の子だった。

随分とあっさり真相がわかったなと桃谷は思った。肩透かしを食《く》らった気分だった。

三人の目撃者が証言しているので、もう否定しようがないだろうが、一応本人の供述も取っておいた方がいいかと桃谷は思った。性行為の相手が宮澤恆なのかも聞かなければならない。

「ごめんね。蔦原さん。聞きたいことがあって」と桃谷は言った。

「何の用？」と果南は攻撃的な口調で言った。

果南はコミュニケーションが苦手だが、攻撃的なコミュニケーションであれば、特に支障なくできることに最近気づいていた。コミュニケーションが苦手なのは相手を過剰に気遣っているからで、それが要らない時は上がり症も出ないのだ。

果南の棘《とげ》のある口調に、桃谷はまたしてもイラッとしたが、その怒りは見せずに言った。

「昨日、二階の男子トイレで……その、エッチなことをしてた人がいるみたいで……。犯人を今探してるんだけど——」

「うん。私と宮澤くんだよ」と果南は桃谷の発言を遮るように言った。「男子トイレでね、いちゃラブ中出ししてもらったんだ。嬉《うれ》しかったなぁ」

は？　何？　と桃谷は思った。

果南の発言は桃谷の耳にもはっきりと聞こえていた。だが聞こえていたからこそ受け入れがたいものがあった。

何この言い方。どうしてこの女は悪びれもしないの？　こういう状況だと普通は下手に出るものじゃないの？　そして今、私の聞き間違いじゃなければ中出しって言った？

思考がまとまらないでいる桃谷の横をすっと通って、果南は男子生徒のうちの一人、最初に果南に喘《あえ》ぎ声《ごえ》を聞かされた田倉のところに行った。

田倉は男子にしては背が低く、果南と同じくらいだった。髪型は千円カットで十分で切ってもらったという印象の、地味なスポーツ刈りで、いつも自信がなさそうに下の方を見ていた。四肢も華奢《きゃしゃ》で、身長と体重はどちらもクラスで最低だった。

果南は田倉の顔をじっと見つめた。田倉は照れくさそうに果南から目を逸《そ》らした。田倉が目を背けても、しばらく果南は田倉を見つめていた。

やがて果南は言った。

「君、オナニーした？」

何を言っているのだろうと桃谷は思った。純情な後輩をからかうのはやめて欲しいと思った。田倉は本当にピュアな男の子で、下ネタが周囲で話されている時は、恥ずかしそうに下を向いているくらいなのだ。おまけに同じクラスの女の子に片思いをしていると言っていた。オナニーなんて、存在すら知らないかもしれない。

だが驚いたことに、田倉は制服のズボンの上からでもわかるくらいに勃起していた。ズボンの前の部分が不自然なくらいにピンと立っているのだ。それはいじらしさすらも感じる、ひたむきな勃起だった。そして果南の大きな胸をちらちらと眺めている。明らかに欲情の視線だった。

「へえ……、本当にオナニーしたんだ……」と果南は言った。「悪い子だね……。私が膣内《ちつない》に精液をびゅーびゅー注がれているセックスのことを考えて、一生懸命一人でおちんちんシコシコしたんだ……。でもおかずにしてくれるなんて嬉《うれ》しいな……」

田倉の澄んだ目が、桃谷が見てもわかるくらいに、欲情に濁り、血走っていった。性を知らない無垢《むく》な少年が、今それに目覚めようとしている。

桃谷はつい声を荒らげた。

「蔦原さん！」

はっと、田倉は我に返ったような表情をした。だが頰の赤みとペニスの勃起は残っていた。桃谷は毎日のように顔を合わせている、ピュアな後輩部員が性に溺れる姿を見るのが嫌だったので、それ以上彼の方は見ないようにした。

ともかく今は、男子トイレでセックスしていた件に話を戻さなければ。

「昨日、男子トイレでエッチをしていたのは蔦原さんと宮澤くんでいいの？」と桃谷は聞いた。

「そうだよ。さっきから言ってるじゃないか」と果南はつっけんどんに答えた。

「どうしてそんなことをしたの？　良くないことだと思わないの？」

「良くないからこそするんじゃないか。良《い》いことだけをしてても人生楽しくならないよ？」

「蔦原さんと宮澤くんが、トイレでエッチしてたことは先生に言うよ。君たちは停学……下手をすれば退学になると思う。内申点も大きく下がると思う」

「へえ……だから何？　早くバラせばいいじゃないか」と果南は冷めた声で言った。

「バラせばいいって……」

「学校中に広めるといいよ」

桃谷は果南との口論において、ふしぎと自分が劣勢に立っていることに気づいた。自分は首尾一貫して「正しい側」に立っていて、正論しか言ってないはずなのに、なぜだか言い負かされそうになっていた。実に奇妙な感覚だった。

だが、負けたところでなにがあるんだろう？　と桃谷は思った。

この後、蔦原さんと宮澤くんは停学か退学になり、たぶん噂《うわさ》も広まって学校生活が困難になる……それが最大の事実であり、今自分が勝とうが負けようが、彼らが「正しくない側」に行くのは変わらない。

だが桃谷は、このまま引き下がったら、きっと精神的には敗北感を覚えるだろうと思った。直感的にそう思った。

私は正しいことをしているのだから、議論でも勝つべきだ。蔦原さんに自らの愚行を反省させ、良心の呵責《かしやく》を感じさせるべきだ。

そんな子供っぽい対抗心が、彼女にこんなことを言わせた。

「宮澤くんが藤代《ふじしろ》さんと付き合ってたのは知らなかったの？」

口にしてから、要らないことを言ってしまったかもしれないと思った。ルインと宮澤恆が付き合っていることは秘密であり、みだりに広めるべきではない。

だが果南はけろっとした態度でこう答えた。

「知ってたよ」

知ってたのか、と桃谷は思った。

知ってたならどうして？　ますます果南の考えていることがわからなくなった。

「……恋人がいることをわかっていて、どうして関係を持ったの？」

と桃谷は訊《たず》ねた。するとは果南ははっきりと答えた。

「宮澤くんはね、私の運命の人なんだよ」攻撃的な物言いを続けていた果南にしては、柔らかな口調だった。まるで夢見る乙女のようだった。「だから藤代さんのような、顔・学力・コミュ力・性格の全てにおいて恵まれた人間が、労せずに、まるでデザートでも味わうみたいに誑《たぶら》かしていい人間じゃないんだよ。藤代さんにはいくらでも男子の替えがいるのに、どうして私のものをわざわざ取っていくのかな？　どうせすぐに捨てるくせに」

「なんですぐに捨てるって決めつけるの？」と桃谷は言った。それから、売り言葉に買い言葉で、内心ではあまり思っていないことを口にした。「ルインと宮澤くんの仲が、まあ……意外と長く続く可能性もあるし、二人が運命の人である可能性もあるんじゃない？」

「そんなわけないよ。藤代さんは今までだって彼氏を取っ替え引っ替えしてたんだ。親友とだけ長く続くとは思えないよ」

それには同感だと桃谷は思った。反論するポイントを間違えた。

「私の元カレとも裏でヤってたくらいなんだよ……？」

と果南は言った。その発言に、桃谷は少なからず衝撃を受けた。三人は、自分が思っていたよりも複雑な関係なのかもしれない。

ルインのことを話題にするのはやめようと桃谷は思った。

代わりにもっと単純に、果南の発言の中の、根拠が薄そうなところを突っ込むべきだ。そう思って桃谷は言った。

「なんで宮澤くんがあなたのものだって決めつけるの？　宮澤くんの気持ちを本当に確かめたの？」

すると果南は好戦的な笑みを浮かべてこう言った。

「宮澤くんは私のものだよ。……証拠を見せてあげようか？」

「証拠？」と桃谷は聞いた。

果南はソファのそばに行き、そこに置かれていたリモコンのボタンを押した。

おそらく桃谷たちが来る前に再生されていたものだろう、部室のスクリーンに、卑猥《ひわい》な映像が流れ始めた。

それは蔦原果南と宮澤恆の性交渉の記録だった。

＊

桃谷は映像研究部を出た後、ルインに長文のメッセージを送った。

事実をベースにしながらも、露骨になり過ぎないように。ルインが知らなくていい宮澤恆の醜態は教えないように。なるべく感情的にはならないように。それでいてルインが必ず別れると決心してくれるように。

それが宮澤恆とのデートの最中にルインが目にして、彼女に別れを決心させたメッセージだった。

また桃谷は教師に、部室棟のトイレで蔦原果南と宮澤恆がセックスをしていたこと、および二人が部室に鍵をかけて、たびたび中で性行為をしていたことを伝えた。

そして、後のことは将棋部の後輩と教師に任せて家に帰った。

自分から頭を突っ込んだことだが、もうこれ以上、男子トイレで起きた事件について、桃谷は頭を悩ませたくなかった。

下校中の電車の中で、桃谷は目を閉じて体の力を抜き、知らぬ間に強張《こわば》っていた全身の筋肉を緩めた。

泥のような疲労感と共に、桃谷はつかの間の眠りに落ちた。

17 バッドランドⅡ -Badland Ⅱ-

私の名前は蔦原《つたはら》果南《かなん》。

私は今、妙な夢の中にいる。

たぶん、これは夢だと思う。私の最後の記憶は、ベッドの上で眠りに就いたことだ。寝る前にやっていたスマホゲームのことも覚えているし、昼間、桃谷に親友と私のいちゃラブ動画を見せた時のことも覚えている。となるとやっぱり夢の中なのだろう。

私は乾いた峡谷の上に立っている。

目の前には深い谷がある。私は谷間を見下ろせる岩盤の上に立っている。恐ろしく深い谷で、底が真っ暗で見えないほどだった。

だがどことなく、造り物くさい風景に思える。岩石の形が単純で、自然の渓谷のような複雑さがないからだろうか。

それから峡谷の上にいるにもかかわらず、風を感じないのも奇妙だった。あくまで夢の中の風景だから、そういったディテールは考慮されていないのかもしれない。

しかし妙な夢だ。まず思考がはっきりしすぎている。目の前にある風景も、ディテールはともかく、ちゃんと存在しているように見える。じゃあ現実と同じかというと、そうでもない。現実ならあるはずの実感のようなものが、この世界からはすこし欠落している。

明晰夢《めいせきむ》というものがある。夢の中で「これは夢だ」と自覚できる夢のことだ。私は眠りが浅いから、何度か明晰夢《めいせきむ》を見たことがある。

そう言うと、羨ましがられることもある。明晰夢《めいせきむ》の中では、好きなことがなんでもできそうだからというのがその理由だ。だが実際に見てみると、そこまで楽しいものではない。確かにやりたい放題ではあるのだが、夢なのでその分、喜びも薄いのだ。

明晰夢《めいせきむ》を見た時、私は戯《たわむ》れに夢の中に出てきた親友をいきなりフェラチオしてみたりする。だが「楽しい夢を見たな」という気持ちになるだけで、それ以上の感情はない。明晰夢《めいせきむ》を見ると疲れるので、疲れと楽しさも相殺《そうさい》し合《あ》う。単純に喜べるものではないのだ。

今見ている夢は、明晰夢《めいせきむ》よりも遥《はる》かにリアリティがある。

……どうしてこんな夢を見ているのだろう？

夢に理由を求めても仕方がないけれども、つい理由が知りたくなるくらいには、異質な夢だった。

私は中学生の時に精神科のお医者さんに睡眠薬を貰《もら》っていて、その時は薬の副作用で色んな夢を見ていたけれども、こんなにも現実感のある夢は初めてだった。

訝《いぶか》しんでいると、目の前に人影が現れた。
青い髪をした、学校一の美少女──スタイルの良《い》い彼女は、制服をアイドルのコスチューム
みたいに、ピシャリと着こなしていた。
藤代《ふじしろ》ルインだ。
彼女が私の夢に出てくるなんて初めてだった。
彼女を見ると、つい苦手だなと思ってしまう。元より猫背の私だが、無意識的に、もっと身
を屈《かが》めてしまう。
クラスカーストのてっぺんにいる陽キャのギャルというだけで、話す前から警戒していたの
だが、実際に関わってみると、私の彼氏とヤりながらにして親友の童貞を奪っているという、
とんでもない自己中・色魔・性格最悪・変態・クソビッチだった。
こんな女のどこがいいんだろう？
親友はまだ藤代さんへの想《おも》いを捨て切れていない様子だったけど、一体何でだろう？　ルッ
クスが良《い》いこととクラスカーストの高さ以外、最悪の人だと思うけれど。
まあ、いいけどね。
既に二人を破局させるのに、充分な映像は撮れているし。
親友が私のものになるのも、時間の問題だし。
それに、このクソ女を出し抜いて、この女をメンタルブレイクさせながら、背徳感という名

のダシを味わいながら、毎日親友に卑猥《ひわい》な行為を強要し、それを撮影する日々も、中々乙なものがあって、これはこれで楽しいのだ。

まあ今となっては、雑魚乙《ざこおつ》！　という感じだ。

やっぱり顔はいいけど、オツムはバカなんだろう。

ヒロインレースは、私が勝ったも同然だろう。男子トイレで私と親友がヤっていた噂《うわさ》が広がれば、藤代さんといえどもそれを払拭《ふっしょく》できないだろうし、払拭《ふっしょく》したいとも思わないだろう。こうして私と親友は、公然と一つになるのだ。

そして赤ちゃん！

昨日、親友に中出しをしてもらった時は、特に子供が欲しくはなかったけれども、やっぱり実際に妊娠しているかもしれないという状況になると期待が膨らむものだ。

それも、何が起きるかわからなくて楽しそう、という捨て鉢な喜びではなくて、親友との赤ちゃんはどんな子かな？　どんな子に育つかな？　もしも生まれたらどれくらい幸せかな？　私たちはどんな家庭を作れるかな？　という前向きな期待感が高まっていた。

それは私にとっても計算外のことだった。親友と破滅をする以上に、こんなにも楽しみなことができるとは思ってもいなかった。

もしも赤ちゃんが出来たなら、親友を破滅させるのではなく、ラブラブ結婚ルートに切り替えてもいいかもしれないと、そんな甘っちょろい考えが頭をよぎったりするくらいだった。

自分がこんなにも平凡な幸福に憧れ、それを追い求めるだなんて思ってもなかった。だが平凡な幸せは、私のような日陰の人間にも、いや私のような人間だからこそ、きらきらと輝いて見えることがある。

考えてみれば、愛とか恋とかが信じられないのは、結局のところ当事者の心変わりによって、簡単になくなってしまうものだからだ。

その点「子供」や「結婚」は、当事者同士を否応《いやおう》なく結びつける。私は高校二年生だから、そういった大人の用いる手段は除外して考えていたけれども、よく考えたらデジタルタトゥーの収集よりも、子供を作るというのはよっぽど穏当で理に適《かな》った方法だった。

赤ちゃんが出来てしまえば、私と親友は否応《いやおう》なしに結びつくだろう。というか結婚することになるだろう。

結婚かぁ……。

十六歳で結婚なんて早すぎるけど……てか、男性は十八歳まで結婚できないんだっけ？　だったら籍を入れるのは後になりそうだけど、私と親友なら、すっごく幸せな家庭が作れそうでワクワクするなぁ。

なんにせよ、もう藤代さんなんかが親友を奪う余地はないだろう。

シッシッて感じだ。

そんな負けヒロインの藤代さんが、夢の中とはいえ私になんの用だろう？

手になにかを持っているようだけれども……。

……へ？

マジ？


藤代さんは金属バットを持っていた。


黒々とした重量感のある、人間の頭を一振りで割れそうなものだ。

あんなものを持って、私に一体何をするつもりだろう。

藤代さんは左手でヘッドを持ち上げて、右手のグリップを掴《つか》む位置を調整した。

そして、私のところに向かって――。

走っていきた、、、。

「え⁉　嘘《うそ》⁉　マジ⁉」

思わずそんな声が漏れた。

私はバットを片手に全力疾走してくる藤代さんから必死に逃亡した。

ヤバい、ヤバい、ヤバい、ヤバい。

藤代さんに追いつかれたらヤバい。あの勢いで走ってきて、まさか『野球をしたくて追いかけてきたんだ、果南ちゃん』とは言わないだろう。間違いなくあのバットで私を殴るつもりだ。

私のことを滅多打ちにするつもりだ。

確かに私は悪いことをした。私は藤代さんから親友を奪おうとした。そのために、やや悪辣な手段も用いた。その点では不徳の誹《そし》りを免《まぬが》れないだろう。それは認めよう。

だが……それを言ったら藤代さんだって、私と付き合っていることを知りながらにしてアオくんとヤってたじゃないか！

被害者のフリをしているけれども、立派な加害者じゃないか！

だから、お互いの悪行を差し引きしたら、あんまり差は生まれなくて、金属バットで殴られるほどのいわれはないと思うのだがどうだろう？

……って、そんなことを考えても仕方がないか。

だってこれは私の夢なんだから。

金属バットを持って追いかけてくる藤代さんだって、私の頭が作り出したものであって、実在の藤代さんとは関係ないのだから。

あの藤代さんに対して、バットで私を殴ることの正当性のなさを解いても仕方がないのだから。

……本当にそうだろうか？

普通に考えるとそうなのだが、異常なほど鮮明な夢を見ていることといい、走っていると本当に肺が痛くなってきてゼーゼーしてくることといい、私が普通じゃない状況に巻き込まれているのは確かなので、普通の考えが普通に正しいのか、よくわからない。

やっぱりあれは、本物の藤代さんなんじゃないか？

藤代さんの……生《い》き霊《りょう》？　別人格？　魂？　無意識？　シャドウ？　みたいなのが私を追ってきているんじゃないか？

なんて、こんなのは夢で浮かびがちな、突飛な考えの一つに過ぎないのだろうか？

目が覚めてから、一笑に付す考えの一つなんだろうか？

そもそも……本当に目が覚めるのだろうか？

藤代さんに殴り殺されたが最後、現実でも目が覚めなくなったりはしないよね？　『エルム街の悪夢』みたいに。

背後まで近づいてきていた藤代さんが、私に向かってバットをブウゥンと振った。

全力のスイングだ。風圧が私の髪の毛を揺らした。

手加減は一切なかった。怪我《けが》をさせてしまってもいい……なんなら殺してしまってもいいくらいの力加減だった。

私はますます全力で逃げた。

夢の中だと考えると、逃げるのではなくて、目を覚ます方に全力を傾けるという手も思いついた。

だがふしぎとこの夢は、私の努力次第ではどうやっても抜け出せない気がした。だからともかく逃げた。

私は足が速い。体育の短距離走の順位も上位だ。

だがそれは授業では誰も本気を出さないから上位になるだけであって、本気のダッシュの速さは女子の平均くらいだと思う。

一方の藤代さんは運動神経がよく、脚も長いので、女子の中でもトップクラスに足が速かった。

あっという間に私のところに追いついて——。

片手で持ったバットを勢いよく私の背中に振り下ろした。

「ぎゃあッ」

私は声を上げた。背中に激痛を覚え、ダッシュの勢いのまま前方向に転がった。

全身が飛び散りそうなくらいに痛かった。殴られた箇所も痛かったし、岩盤に体を打った箇所にも鈍痛があった。

それから、走っていた時には感じなかった疲労も、横になってみるとドッと来た。荒い息が漏れ、心臓が張り裂けそうなほどに熱くなった。

藤代さんは岩盤の上でうつ伏せにうずくまっている私に向けて、勢いよくバットを振り下ろした。ガコン！　ガコン！　と背中を打ち付けられ、痛みのあまり吐きそうになった。

早く目が覚めてくれ——と私は思った。

目が覚めないと、私は夢の中で殺されてしまう。

三つ数えたら目が覚める、と念じて数を数えてみた。

だが、何の意味もなかった。

落ちる想像をすると目が覚めるという話を聞いたことがあった。

これも、何の意味もなかった。

私はいつの間にか仰向けになっていた。絶え間ない打撃から痛みを逃がすために、体が選んだ姿勢がたまたまそれだったのだろう。

私は岩盤の上で天を仰いだ。空には造り物めいた白い太陽が昇っていて、浜辺に打ち上げられたクラゲのように、ぶるぶると顫《ふる》え続《つづ》けていた。

とどめのように、金属バットを高く掲げ、振り下ろそうとする藤代さんが見えた。その口は一つの言葉を、何度も繰り返し口にし続けていた。

何と言っているのだろう？　私は最期《さいご》にそれを聞きたいと思った。もうそれを聞くくらいしかできることがなかった。私を殺す瞬間に、藤代さんはなんて言うんだろう？

……『殺す』とか？　『許さない』とかかな？

そんなことを思っていると、藤代さんはぎりぎり聞き取れるくらいの声で、私に向かってこう言った。

「逃げ、て、」

藤代さんの表情に、怒りはなかった。彼女はただただ恐怖に打ち震えていた。まるで自分の行動が制御できなくて、そんな自分自身に怯《おび》えているといった様子だった。

やがて金属バットが振り下ろされ、激痛が私の意識を引き裂いた。

18 失踪、呪術、江崎由奈 -MIA, Sorcery and Yuna Ezaki-

翌日。

俺は過去最大に憂鬱な気分で学校に行った。最近は学校に行くたびに憂鬱な気分が増しているが、その極みだった。ギロチン台へ歩いていく死刑囚みたいな気分だった。

同じ制服の生徒を見ると、その全員が俺のスキャンダル……俺と果南《かなん》が学校のトイレでセックスしたことを知っていて、俺を内心で嘲笑《あざわら》っている気がした。もちろん被害妄想なのだが、楽しそうに話している生徒の横を通るだけで、胸がきゅっと詰まった。

教室に着いた。

登校中は誰にも話しかけられることはなかった。だが教室ではそうはいかないだろう。

スクールバッグを片手に自席に向かって歩いていると、ふとその途中で一人の男に声をかけられた。

「おっ、宮澤《みやざわ》じゃーん」

館《たち》という、いつもへらへらしている調子のいい男子だ。クラスカーストは中くらいだろうか。

本人は陽キャのグループに入りたそうなのだが、完全に仲間には入れてもらっていない、かといって陰キャでもない。いわゆるキョロ充って奴《やつ》だった。

あまり好感度の高い奴《やつ》ではないし、特に友達でもないが、話しかけられたので仕方なく愛想《あいそ》笑《わら》いを浮かべた。すると舘は愉快そうにこう言った。

「一昨日《おととい》のこと、もう知ってるぜ」

「何のこと？」と俺は訊《たず》ねた。

「男子トイレでセックスしてたんだって？」

頭が一瞬、真っ白になった。

誰かにその話をされるだろうとは思っていたのだが、実際に言われてみると、想像以上の戸惑いがやってきた。心臓がバクバクした。

何も答えられず、逃げるように自席に向かった。舘が何かを続けて言っていたが、その内容は頭に入ってこなかった。

すると直後に、自席に別の生徒がやってきた。

また俺のスキャンダルを囃《はや》し立《た》てに来た奴《やつ》だろうか——と思って、憂鬱な気分でそいつを見ると、そこにいたのは昨日も俺に話しかけてきた、温厚そうな女子生徒だった。

「……宮澤くん」

桃谷《ももや》沙織《さおり》だ。

何の用があって俺の席に来たのだろう。俺を罵りにでも来たのか？　って、桃谷はそういう奴《やつ》ではないだろうけれども、つい身構えてしまった。

「どうしたの、桃谷」

と俺は聞いた。内心の緊張を抑えつけ、なるべく態度に出ないようにした。

「宮澤くん」と桃谷は言った。

俺は実際に言われた時のダメージを軽減するために、心の中で桃谷のセリフを想像し、何度も復唱した。

『男子トイレでエッチしてたんだって？　最低だね』『男子トイレでエッチしてたんだって？　最低だね』『男子トイレでエッチしてたんだって？　最低だね』……。

顔を伏せていると、桃谷はこう言った。

「ルインのことを何か知ってる？」

「……知ってるって、何を？」

「ルインと連絡がつかないんだよね」

俺はつい目をぱちくりさせた。思ってもない発言だった。

「連絡がつかないって、どういうこと？」と俺は訊《たず》ねた。どうやら桃谷の話題は、俺の過《あやま》ちについてではないようだ。

「夜九時半までは連絡できたんだよね」と桃谷は言った。彼女の心は不安によって占められていて、俺を蔑む感情などを持つ余地はないという感じだった。「ラインをしてたら、突然ルインの既読が途絶えて。まあそういうこともあるかなと思って最初は放っておいたんだけど、妙な胸騒ぎがして、メンヘラっぽいかもと思いながらも、なんとなく通話をかけてみたら、コール音が鳴らなくて」

「……コール音が鳴らない？」

「そう。コール音が鳴らないってことは、スマホの電源が切れてるか、圏外になってるか、相手をブロックしてるか……大体そんなところでしょ？　ルインが私をブロックしてるとは思えないし、かといって九時半って普通は家にいて、携帯の電源が切れる時間ではないし、すごく変だなと思ったの」

桃谷は続けた。

「それで、今日学校の皆と話してみたら、皆九時半くらいを境目に、ルインと連絡が取れなくなってて……。だから宮澤くんはどうかなと思って」

俺がルインと別れたのは昨日の放課後の、まだ日も沈んでいない時間帯だった。それ以降ルインとは連絡を取っていないから、夜のことは見当もつかなかった。

「ごめん、わからない」と俺は答えた。

「そうだよね」と桃谷は言った。俺が何も知らないことは予想していたが、念のために訊《たず》ねたという感じだった。「答えてくれてありがとう」

「ルインは気まぐれだから、そういうこともあるんじゃないかな」と俺は言った。あまりにも桃谷が不安そうなので、安心させることを口にしたくなったのだ。

「そうかな……そうだといいんだけど……」

桃谷はそう言うと、ルインの席を見た。いつもはそれなりに余裕を持って登校する彼女だが、その座席は空いていた。

ルインだって遅刻をすることはある。今日がその日なだけだろう、と俺は自分で自分に言い聞かせた。

だが心がざわついた。桃谷の不安が伝染したんだろうか？　それとも桃谷の話をきっかけに、俺の無意識がなんらかの思考をして、なにかしらの警鐘を鳴らしているのだろうか？

チャイムが鳴り、朝のホームルームの時間になり、担任がやってきた。

俺のクラスの担任は、やる気のなさそうな太った中年男性だ。俺が通っているのは中高一貫校なので、中学一年生の時から担任団は変わらないが、その中では最も人気がない男だ。

担任は起立、礼、着席の後にこう言った。

「藤代《ふじしろ》が今朝から行方不明になってる」

教室は騒然とした。クラスメイトのほぼ全員が戸惑いの素振りを見せていた。

俺は言葉を失い、ただ担任が口にした言葉を、頭の中で反芻《はんすう》していた。

――ルインが行方不明になった。

前の方に座っている桃谷の横顔が目に入った。彼女もまた、当惑の表情を見せていた。

何人かの生徒が質問を口にした。担任は抑揚のない声でそれを制するとこう言った。

「静かにしてくれ……。俺だって事情は知らないから、俺に聞かれてもよくわからない。警察は既に動いているし、きっとただの家出だから、心配しすぎないように……」

なんとなく無責任に思える言いぶりだった。きっとただの家出って……家出じゃなかったらどうするんだろう。

ルインは派手で自由な女の子だけど、いきなり家出して周囲を騒がせるような派手さ、自由さとは、ちょっと違うはずだ。

担任は生徒たちの追及を明らかに面倒くさがっていて、さっさと話を変えてこう言った。

「あーそうだ、宮澤」担任は俺に老犬のような視線を向けた。「話があるから、一限目が終わったら職員室に来るように」

果南と男子トイレでセックスした件だろう。俺は「わかりました」と答えた。

だが今は果南との事件は、相対的に小さく感じられていた。ルインの失踪を知ってしまった今となっては、少なくとも。

こうしてホームルームは終わった。

俺は知らなかった。この時、隣のクラスでは蔦原《つたはら》果南の失踪が知らされていたことを。

一限目が終わった後、俺は学校から無断で早退した。

ルインの失踪を知った今、何も行動を起こさずに、担任から長々と説教を聞かされるだなんて、耐えられないと思ったのだ。

こんなふうに学校をフケるのは初めてだった……たぶん、生まれて初めてだった。俺の中にこんな中二病みたいな反抗心があったのかと思うと、自分でもびっくりするくらいだった。

駅のホームで電車を待ちながら、心の中で状況を整理した。

昨夜の二十一時半を境に、ルインとの連絡が途絶えたと桃谷が言っていた。

試しに、俺もルインに通話をかけてみることにした。別れたばかりなのでやや気が咎《とが》めたが、思い切って通話ボタンを押した。

するとコール音が鳴らず、『応答なし』になった。昨晩からこの状態が続いているということだろう。

桃谷によると、コール音が鳴らない時は、スマホの電源が切れているか、圏外になっているか、相手をブロックしている時だという。

俺はルインにブロックされているかもしれないけど、桃谷もコール音が鳴らないそうだから、総合的に考えると、ルインのスマホの電源は切られているのだろう。

家出をしているのだから、連絡手段であるスマホの電源を切っている……という説明は、一見筋が通っている。

でもよく考えると筋が通っていない気がする。というのも家出をしている時こそ、なおさら地図や乗換案内を見るために、スマホを見る頻度が上がりそうだからだ。

そもそもスマホの電源を切るのってどんな時だろう？　バッテリーが無くなって電源が切れてしまうことはあるが、自分から切ることはあまりない気がする。

覚醒剤で逮捕されそうになった芸能人が、逃亡時にスマホの電源を切っていたという報道を見たことがある。電源を切らないとスマホに搭載されたGPSで、警察に居場所を突き止められてしまうから、というのがその理由だった。

例えば、悪い奴《やつ》がルインを誘拐したとする。その場合、その悪漢はルインのスマホの電源を切るんじゃないだろうか。GPSを使った追跡を逃れるために。

なんて、それ以外にもスマホの電源を切る理由なんていくらでもありそうなのに、悪い状況ばかりが頭に思い浮かんだ。

思い過ごしだろうか？

思い過ごしだとしたら、思い過ごしであることを確かめたい。

俺は自宅の最寄り駅から、ルインの家に向かった。

ルインの家の場所は、なんとなく覚えていた。

小学生の時に一度、ルインの母親が、塾からのお迎えの時に、俺を車に相乗りさせてくれたことがあったのだ。その時に「ここに私たちの家があるの」と雑談的に話してくれたのを覚えていた。

え？　そんな小さなことを覚えているなんてキモすぎる？

確かにキモい。でもなんとなく忘れられなかったんだから仕方がない。

今、家に行こうとしていることもキモいのかもしれない。

ともかくルインの家に着いた。

ルインの家は、経年劣化して外壁が干からびたような色合いになった、三階建てのコンクリート造りのマンションの一室だった。果南のマンションに行ったばかりなのでつい比べてしまうが、それよりも一段と古くて小さくて安っぽかった。

マンションに面した道路には一台のパトカーが停《と》まっていた。担任は「警察が動いている」と言っていたから、たぶんルインの事件を捜査しに来た警察官のものだろう。

二人の警察官が、二階の階段に一番近い部屋から出てくるのが見えた。開放廊下なので、外からでも丸見えなのだ。

俺は郵便受けで、一応「藤代」という人が入居していることを確認してから、警察官が出てきたばかりの部屋に向かい、チャイムを押した。

「はい。どちら様ですか？」とインターフォン越しに女性が言った。たぶんルインの母親だろう。

「宮澤という名前の、ルインの同級生なんですが、覚えてますか？」

と俺は言った。すこしして玄関のドアが開け放たれた。

ルインの母親はきれいな人だった。美人だという記憶はあったが、小学生の時のことだから美化されているだろうと思っていた。

ところが今見ると本当にきれいな人だった。ルインがそのまま大人になったみたいだ。スタイルが良く、身にまとう空気が華やかだ。

「宮澤くん？」とルインの母親は言った。「あ、本当に宮澤くんだ。こんなに大きくなって」

「どうも、ご無沙汰してます」

「え？　へ？　どうしてうちに？」とルインの母親は当たり前に驚いた。

「えーと、あの……ルインが行方不明になったって学校で聞いて」

「うん、そうなの」

ルインの母親はあっさりと認めた。だがこれは事実を淡白に受け入れているわけではなく、俺との話を円滑に進めるためにあえてさらっと言っただけだろう。

「心配になって見に来たんです」怪しいかな？　今の俺は怪しいよな？「えーと……その……」

「ルインとは今でも仲がいいの?」とルインの母親は怪訝《けげん》そうに聞いた。

「はい、そうです」そうだ、もう、これを伝えてしまおう。「ルインと付き合ってるんです、僕」

正確に言うと昨日フられたのだが、そんなことを言って戸惑わせることもない。今はルインの母親の信頼を得ることを優先しよう。

「へーっ! 宮澤くんと付き合ってたの!?」とルインの母親は驚いた。「えー、そうなんだー。えー。ルインは全然教えてくれなくて」

「そうなんです」

「そうなんだー」ルインの母親はもう一度感心してみせた。彼女は明らかに警戒心を弱めていた。「ルインとは小学生の時から仲が良かったもんね」

「はい、幼馴染《おさななじみ》なので」と俺は言った。本当は『幼馴染《おさななじみ》』の一言では表せないほどに、俺たちの関係は複雑なのだが、今はこの便利な言葉を有効活用しよう。

「そっかそっか、そうだよねー」ルインの母親は扉を大きく開け、俺を迎え入れた。「こんな所じゃなんだから上がって」

「ありがとうございます」俺は玄関で靴を脱ぎながら言った。「ルインがいなくなっちゃったんですよね?」

「そうー、ルインが消えちゃったのよー」

ルインの母親は深刻になりすぎない言い方をしたが、その声には明らかに切実さがにじんでいた。

ルインの家はきれいだった。外装こそ古いが、内装はリノベーションがされていた。よく片付けられていたし、壁紙も真新しかった。

だがルインの部屋は激しく散らかっていた。汚部屋と言ってもいい部屋だった。ともかく床が物で埋まっていて、高そうな服がぐちゃっと丸めて置かれていたり、中に物が入ったままのショッパーが部屋の隅に固められていたりした。ゴミ箱はとっくに満杯になっていて、その横にはパンパンに膨らんだスターバックスやドトールコーヒーの袋がいくつも置かれていた。どうやら満杯になったゴミ箱の代わりに、これらの袋を暫定的なゴミ箱として使っているらしかった。

デート先を決める時も、ルインは自分の部屋だけは駄目だと言っていた。散らかっているからと言っていたが、ここまでだったとは。

ルインの部屋に圧倒されて、つい閉口してしまっていると、ルインの母親は言った。

「……彼氏に見せるものじゃなかったかもね」

「あ、いや、大丈夫です」俺は平静を装《よそお》って言った。

「ま、恋人に対する幻想なんて、いずれ無くなるものだからね」とルインの母親は言った。ちょっとルインっぽい発言だと思った。「じゃあ、ルインの消えた状況を振り返ろうか」

「はい、お願いします」

「まず、私なりの結論から言っていい？」

「いいですよ」

「ルインはね、忽然とこの部屋から消えたの」

「へ？」俺は目を丸くした。

「宮澤くん、さっきの警察官と同じ顔をしないでよ」

「あ、すみません」どうやら警察官も、これと同じ説明をされたらしい。

「実際に消えたところを見たわけじゃないんだけど、そうとしか思えないの」とルインの母親は言った。「私の仕事は朝が早いから、九時とか十時とかには寝ちゃうわけね。だからその日もおやすみーってルインに言って。ルインもおやすみーって言って」

「はい」桃谷も九時半まではルインと連絡が付いたと言っていた。だからルインの母親が寝たのはその前だったのだろう。

「で、朝になったらルインが消えちゃってたの」

「はあ」と俺は言った。「家出とかではないってことですか？」

「家出だと考えると、おかしなところが二つあるの。まず一つ目。ルインは部屋に鍵を置いていったの。つまり家の鍵を持っていかなかったの」

「ふむ」

「にもかかわらず家の鍵は、確かに朝、かかっていたの。ルインは鍵を持っていないんだから、施錠《せじょう》できるはずがないでしょ？　そう警察に伝えると、記憶違いじゃないですか、って馬鹿にしたような顔で言われたんだけど」

「なるほど」と俺は言った。「一応聞くんですけど、予備の鍵があったり、お母さんの鍵が盗《と》られていたりとかはしないんですよね？」

「確認したけど、私が覚えている限りの鍵は全部揃《そろ》ってたの。だいたい、わざわざ自分の鍵を置いていって、私の鍵を盗《と》る理由ってないでしょ？」

「まあ、そうですね。二つ目はなんですか？」

「靴が残ってるの」とルインの母親は言った。「ルインが普段履いている靴が、全部玄関に置きっぱなしになってるの」

「靴があるんですか」それは確かに奇妙だなと思った。「ルインは靴をいっぱい持ってますよね。その全部が残ってるってことですか？」

「全ての靴を確認できているかはわからないけど、普段使いの靴は全部残ってると思う」

警察が同じ話を聞いたら、お母さんの記憶は当てにならないとか、合鍵を作っていただけとか、色んなことを言いそうな気がするけど、家族の視点から見ると直感的に変だと思う箇所がいくつかあることはわかった。

「だから、忽然《こつぜん》と部屋から消えた、とお母さんは思っているわけですか」

「そう」とルインの母親は言った。「だって服とかバッグも残っているのよ」

根拠はわかった。……が、忽然《こつぜん》と部屋から消えたというのは、さすがに結論として飛躍している気はした。

そうだ。このことを聞いておかないと。

「ルインのスマートフォンはどこにあるんですか？」

「スマートフォンは無くなってたの」とルインの母親は言った。その返答は早かった。彼女もスマートフォンのことは気にしていたのかもしれない。「私が電話をかけても圏外になるし」

「昨日の夜九時半から圏外になってるって僕の友達は言ってたんですが、お母さんに心当たりはありませんか？」

「そうなんだ」昨日の夜から圏外になっていたという話は初めて聞いたようで、ルインの母親は目を見張った。「私はその時間には眠っていたから」

………。

やっぱり総合的に見て、妙な状況だよなと思う。

ルインが今どんな状況に陥っているのか、仮説は色々と立てられる。

だが、どれも筋道を立てて説明しようとすると「矛盾とまでは言わないが、違和感がある」ものになる気がした。腑《ふ》に落ちるほどの説明はできないような。

その時だった。家のインターフォンが鳴った。

来客だった。ルインの母親は玄関に向かい、そのまま客をルインの部屋に連れてきた。

驚いたことに、江崎由奈が来ていた。

江崎はルインの友達の、生意気でロリ系の女の子だ。赤みがかった髪の毛に、左右対称に白いリボンを着けている。

江崎がどうしてここにいるんだろう？　俺と同じようにルインが心配で来たんだろうか？

「宮澤くんは由奈ちゃんを知ってる？」とルインの母親は聞いた。

「はい、知ってます」と俺は答えた。

話しぶりからして、江崎とルインの母親は顔見知りだったようだ。ルインを通じて会ったことがあったのだろう。

「由奈ちゃんも宮澤くんのことを知ってる？　ルインと付き合ってるみたいなんだけど」とルインの母親は言った。

「知ってます」

と、なんとなく言いたいことがありそうな口ぶりで江崎が言った。

江崎はルインの友人だから、当然ながら俺が学校の男子トイレで、浮気相手《うわき》とセックスしていたことを知っているだろう。

だが、二人が既に別れているという話を、わざわざすることはないと思って、意図的に黙ってくれているのだと思う。

「……江崎も学校を休んだの？」

と俺は聞いた。なにか言葉を交わさないと気まずい空気だったのだ。

「休まずに来れると思う？」

不機嫌そうに江崎が言った。棘《とげ》のある態度だったから、それ以上話しかけるのはやめた。

それからルインの母親は、俺にしたのと同じ話を江崎にした。

江崎は淡々とその話を聞いていた。俺のように細部について質問をしたり、母親の話を疑ってみたりはしなかった。まるで彼女のする話を丸ごと、事実と名の付いたバケツに放り込んでいるみたいだった。

一連の話を聞いて、江崎はすこし考えてから言った。

「わかりました。ちょっと作戦会議をしてきます」

作戦会議？　誰と何を？

江崎は俺を人差し指で指差すと言った。

「この男をちょっと借りていきます」

え？　俺？

「お母さんの話を元に、ルインを頑張って見つけ出します」と江崎は言った。

「あら、本当？」ルインの母親は、今はただ誰かに手を差し伸べてもらえるだけで嬉《うれ》しい、といった言い方をした。

「はい、きっと大丈夫です」

と江崎は答えた。その言葉には江崎なりの自信が込められている気がしたが、自信の源がなんなのかは、俺にはわからなかった。

「ほら行くよ、宮澤」

俺は江崎に促されるがままに、ルインの家を出た。

＊

ルインの家を出た後、俺は江崎の後ろを歩いていった。

歩いている間、俺たちは何も話さなかった。

俺は実に気まずかった。江崎が友達思いで、ルインのことを大切に思っていることを知っているし、にもかかわらず俺はルインを傷つけたからだ。

やがて俺たちは、ルインの家から五十メートルほどのところにある小さな公園に着いた。

俺は真緑に塗られたベンチに座った。江崎はその向かい側にある、揺れるパンダの上に横座りをした。

やがて江崎が言った。

「宮澤。聞きたいことがあるんだけど」

「何？」

ルインの失踪に関する件か、浮気《うわき》の件かのどちらかだろうと俺は思った。

なんとなく後者のような気がした。江崎が怒っているように見えるからだ。

きっとこれから、俺はこっぴどく叱られるのだ、なんなら殴られたっておかしくないのだと思って、戦々恐々としながら江崎の言葉を待っていた。

すると江崎は、全く予想だにしていないことを言い始めた。


「宮澤はさ、言霊《ことだま》って知ってる？」


へ……？

「ほら、言霊《ことだま》よ」と江崎は言った。「言葉そのものに霊力が宿っていて、言葉通りの現実を実現させてしまうっていう、すごく昔からある考え」

「あー……」俺はなんでもいいから言葉を発そうと思った。「目標を言い続けたら夢は叶《かな》う……的な？」

「そういうのも言霊《ことだま》の一種だけど……もっと身近な例があるでしょ」江崎はため息をついた。

俺の想像力のなさを嘆くように。「例えばさ、受験の当日に『落ちる』とか『滑る』とか『転ぶ』って言ったら、受験に落ちちゃうとか、結婚式で『失う』とか『別れる』とか『裂ける』とか『切れる』って言ったら縁起が悪いとか」

あ、そういう奴《やつ》か。

「それなら聞いたことがあるよ。中学受験の時は、親が『落ちる』って言わないように気にしてたし……」と俺は言った。「あとそうだ。昔、従兄《いとこ》の結婚式で『裂ける』って言っちゃったら、おばあちゃんに烈火のごとく叱られたことがあるんだよ。ものすごい剣幕で、怒髪天って感じだったな。今思い出しても理不尽だったし、そのせいでおばあちゃんのことが今でも苦手なくらいだよ」

「昔の人ほど、言霊《ことだま》を信じるからね」と江崎は言った。「宮澤は『呪い』ってどんなものか、イメージが湧く？」

呪い？　さっきから江崎はなんの話をしているんだろう。ルインを傷つけた俺を呪ってやる！……という話の展開は急すぎるよな。

「あんたって、必ず一呼吸置かないと会話の返事ができないの？」と江崎はカドがある声で言った。

「ああ、ごめん」

「ほら、『呪い』よ」と江崎は言った。「昔の人は呪いを本気で信じてたから、合戦になったら陰陽師《おんみょうじ》を呼んで敵軍に呪いをかけたりしたし、強すぎる呪いは国家によって禁じられたりしたし、こっそり呪いをかけた奴《やつ》がいたら死刑になったりしたんだよ。そんな呪いの最もプリミティブな形ってなんだと思う？」

えー……そんなことを急に聞かれても困るけれど。

「……丑三《うしみ》つ時《どき》に藁人形《わらにんぎょう》に釘《くぎ》を打ちつけたりとか？」

ともかく俺はそう答えた。

「丑《うし》の刻参《こくまい》りの歴史は古くて、奈良時代には成立してたんだってね」江崎は腕を組んで、うんうんと頷《うなず》いた。「でも、それって大陸から陰陽道《おんみようどう》が輸入された後のやり方だからね。だいたい『丑《うし》の刻《こく》』って言ってる時点で、十二支は中国から輸入されたものなんだから日本古来のやり方じゃないでしょ。もっとよく考えなさいよ」

いやいや、十二支がどうこうって、そんな考えはパッとは出てこない。

「……わからないよ」と俺は言った。

江崎は大げさにため息をつくと、こう言った。

「言葉そのものよ」

その言葉と共に、江崎の瞳がきらりと輝いた。

「『応神記《おうじんき》』にこういう一節があるの」と江崎は言った。「あ、応神記ってのは古事記《こじき》の一部ね」

「古事記は知ってる」日本で一番古い歴史書だ。

「応神記の中で、ある兄弟の母親が、自分の息子の兄の方にこんな呪いをかけるの。まず笹の束で、石と塩を合わせたものを包むの。それから『この笹の葉が萎《しお》れるように萎《しお》れよ、この塩が乾くように乾け、この石が沈むように沈《しず》み臥《ふ》せ』って唱えるの。すると兄の方は本当に萎《しお》れて乾いて衰弱しちゃうの。それで、反省した兄は呪いを解いて欲しいって母親に懇願して、解いてもらうんだけど……」

「へえ……」

ちょっと待って。これって本当に何の話？

「つまり、昔の呪いは単なる言葉だったの」と江崎は言った。「布瑠部由良由良止布瑠部《ふるべゆらゆらとふるべ》とか、六根清浄急急如律令《ろっこんしょうじょうきゅうきゅうにょりつりょう》とか、そういった大層な呪文が編み出されたのは後世のことで、その前は萎《しお》れよって言ったら萎《しお》れる、乾けって言ったら乾く、沈めって言ったら沈む、そんなシンプルなルールだったの。まあ竹とか塩とか石とかは使ってるけどさ、それはあくまでサブで、メインは言葉なの。大正時代の古事記の研究者はこう言ってるの。当時の人にとって、言葉イコール言霊《ことだま》で、言霊《ことだま》イコール神だって……まあこれは私なりのざっくばらんな言い換えだけど。つまり口にしちゃった言葉は全部言霊《ことだま》になって、神様になって、実現能力を持っちゃうってわけ」

「はあ」

「で、この後に大陸から陰陽道《おんみょうどう》とか仏教とかが輸入されてきて、あんたが言う丑《うし》の刻参《こくまい》りみたいな、もっと効きそうな奴《やつ》に呪いの方法が取り代わっていくんだけど……」江崎は、その辺りの話は今はしないというふうに話を区切った。「まあ、受験の日に『落ちる』って言っちゃいけないとか、結婚式の日に『裂ける』って言っちゃいけないっていうのは、ものすごく昔からある考えってことはわかったわよね？」

「まあ、話の流れとしては」

「迷信ってウザいけど、長いルーツがあるのよ」と江崎は言った。「結婚式で『裂ける』って言っただけで叱られるのはもちろんウザいし、一回……いや仮に十回言ったとして大したことは起きないだろうって私は思うんだけど、さりとてガン無視すると、なんとなく悪いことが起こりそうっていうのはあんたにもわかるわよね」

俺はなんとなくうなずいたが、本当にそう思ったかは微妙だった。百回「裂ける」と言っても何も起きなそうな気はした。おばあちゃんに叱られた嫌な記憶のせいで、意地になっているだけかもしれないが。

「だからさ……こんなことを言ったら身も蓋もないし、あのお母さんにも悪いけれども、ルインって名前はさ、本来は付けるべきじゃないんだよ」と江崎は言った。「英語にしただけで、破滅とか破壊って意味になっちゃう名前は、やっぱり良くないんだよ。だって言葉は言霊《ことだま》で、言霊《ことだま》は神なんだから。ルインという名前を付けて、それを何回も口にしちゃったら、本当にルインという言葉の意味の通りに、破滅が来ちゃうんだから」

「…………」

俺はふと思った。

あれ？　江崎ってちょっと電波な子なんだろうか？

スピリチュアルな子だったんだろうか？

そんなことを思いながら口をつぐんでいると、江崎はパンダの遊具から、決心したように立ち上がった。

「だから私たちはね、ルインという名前の女の子から、ルインという呪いを祓《はら》わなきゃいけないの」

「祓《はら》う」と俺は繰り返した。

「そう」江崎は何の躊躇《ためら》いもなく『祓《はら》う』ことを認めた。「そうそう。私、こういう仕事をしてるの」

江崎はスクールバッグのサイドポケットから名刺入れを取り出すと、その中にある一枚を俺に手渡した。

そこにはこう書いてあった。

『江崎呪術事務所
呪術師（見習い）

江崎由奈』
俺が唖然《あぜん》としながらその名刺を見つめていると、江崎は俺を焚《た》きつけるように言った。
「宮澤、私と一緒にルインを祓《はら》おう」
……呪術師が来てしまった。

＊

その後、俺が十分ほど江崎の話を信じず、新興宗教の勧誘を避ける人のような曖昧な言葉遣いで彼女の話を受け流していると、ムキになった江崎に、江崎呪術事務所の公式ホームページを見せられた。

ホームページには江崎呪術事務所と神秘的なフォントで書いてあった。その横には、眉毛の濃い、デッカい真珠のネックレスを着けたおばちゃんがいて、嘘《うそ》くさいほどの笑顔を湛《たた》えていた。それが江崎の母だという。

ホームページには『所属呪術師』という欄があり、そこには和服で頭にかんざしを挿した呪術師や、胡散臭《うさんくさ》い作務衣《さむえ》を着たロン毛の呪術師や、ドレスを着て水晶玉を見つめている呪術師がいたが、一番下のところには江崎由奈の笑顔の写真が載っていて『※見習い』という注釈が付いていた。

満面の笑みを浮かべる江崎の写真を見ながら、つい真顔になってしまった俺に、江崎は自慢げに言った。

「ほらね」

いや、ほらね、じゃなくて。

元カノの友人がスピリチュアルにハマり、呪術師見習いになってしまった……という状況において、正しい行動ってなんだろう。俺はどうすればいいんだ。

「事務所の住所もここに書いてあるのよ」

そう言って、江崎は『所在地』と書かれたリンクをクリックした。

すると横浜市《よこはまし》と書いてあった。それも一等地だ。

へえー、呪術事務所って儲《もう》かってらっしゃるのね。それは結構なことで——って。

「遊んでる場合じゃない」

と俺は言った。江崎が呪術師であろうとなかろうと、今考えるべきことは消えてしまったルインの行き先だ。話を戻さなければ。

するとは江崎は不服そうに言った。

「何を好き好んで、あんたと遊ぶ必要があるの？　私があんたに、こんなにも真面目に話してあげている時点で真剣ってことが伝わらない？」

まあ、それはそうかもだけど……。

「この私が、ルインという彼女がいるにもかかわらず、学校のトイレでサカってた下劣なあんたに話をしてあげてるのよ」

それは本当にそうだけど……。

今更だけど、そんな下劣な俺に対して、江崎は意外なくらい普通に接してくれるよな。先々週にピロティホールで話した時とあまり態度が変わらないし、もっと腫れ物扱いされるものだと思っていた。

そんな意味のことを言うと、江崎はこう答えた。

「蔦原果南もかなり呪いの強い子で、入学直後から注意してたからね」

「果南が？」

「そう」と江崎は認めた。「トイレの件が何が原因で起きたかがわからない以上、専門家としては中立的にならざるを得ないのよ。あんたに対して個人的に腹が立つ気持ちはあるけど、それはあんたがなよなよしているのが原因だから、トイレの件とは関係ない」

専門家として、か。

理由は独特だけど、厳しく当たられないのは助かった気がした。ルインが消えて、その上に江崎にまで強く当たられていたら、泣《な》きっ面《つら》に蜂の気分になっていただろう。全ては俺のせいだとしても。

「さっき、果南にも呪いがあるって言った？」と俺は聞いた。

「そう」と江崎は答えた。

「果南の名前にもルインの名前のような、良くない言霊的《ことだまてき》なものがあるってこと？」

「そういうこと」

「本人は自分の名前を気に入ってるっぽかったけどね」と俺は言った。以前、彼女に名前の由来を教えてもらったことがあった。「中国では南の方に幸福があると言われていて、そこで果実を手に入れる……つまり幸せになるっていう意味を持っていて、死んだお母さんが付けてくれた名前なんだ、みたいなことを言ってた気がする」

「いい名前だって、呪いになるのよ。期待されすぎると重圧になるものでしょ？」と江崎は言った。「極論、呪いにならない名前なんてないのよ。どんな平凡な名前だって本人が気にしたら呪いになるし、逆に変な名前だって本人が気にしてなかったら呪いにはならないし、だからルインも蔦原果南も、結局のところそれが呪いになるような道のりをたまたま歩んでしまったのが問題ってことかな」

「なんか運命論的だね」と俺は言った。

「まあね」と江崎は言った。「話を戻すと、ともかく私たちはルインの呪いを祓《はら》わなきゃいけないってこと」

「……一応確認しておくけど、江崎はルインの失踪は、百パーセント呪いのせいだと思ってるんだよね」

「うん」江崎ははっきりとそう答えた。「だってルインのお母さんは、ルインが忽然《こつぜん》と部屋から消えたって言ってるし、状況的にもそう考える方が自然そうだし、物理的な、つまり形而下《けいじか》的《てき》な説明は難しそうでしょ？　そういう時は形而《けいじ》上的《じょうてき》な理由、要するに呪術の仕業でこうなったと考えた方が自然だわ」

「自然ね」なにが自然でなにが不自然なのかは段々とわからなくなってきたが、ルインが消えた状況に物理的な説明がつきづらい、ということには同意だった。

「宮澤は、ルインが自分の名前をコンプレックスに思っていたことを知ってる？」

「一応」と俺は言った。

俺は自分の知っていることを江崎に伝えた。

先々週の土曜日、ルインは通話で、乾いた峡谷から落ちる夢をよく見ると言っていた。その悪夢は自分の名前が『破滅』を意味すると知った日から見るようになったとのことだった。

ルインはこうも言っていた。自分の運命は、既にruin《ルイン》という名前に記されていて、自分の行き先には破滅しかないんじゃないかと思ってしまうことがあると。そういった憂鬱な考えを引き起こす根源が、その悪夢であり、彼女が普段から恐怖を抱いているものの一つであると。

江崎はルインが自分の名前を気にしていることは知っていたが、乾いた峡谷の夢や、そこから落ちる恐怖のことは知らなかったようで、興味深そうに俺の話を聞いていた。

俺の話を聞き終わると、江崎は言った。

「さすがルイン。こういうことに関しては言語化能力があるね。呪いについてそれだけ詳しくわかっていたら、呪術師の私が事件を詳しく調査するまでもないわ」

「で、この夢が、ルインの行方不明とどう関係してるの？」

そう聞くと、江崎は名探偵を気取るように人差し指を立てて言った。

「言ったでしょ。言葉っていうのは言霊《ことだま》で、言霊《ことだま》っていうのは即・実現能力があるんだって。ルインが乾いた峡谷に立っている夢をよく見るというのならば、その言葉の通り、ルインはその峡谷に行っちゃったんだよ。おそらく昨日の二十一時半に、スマートフォンを持ったままその世界に行って、出られなくなったんだと思う」

江崎の話には信じがたいものがあった。乾いた峡谷の夢をよく見るからといって、その夢の中に入ってしまうだなんて、そんなことがあるだろうか。

だがもう、不信の言葉を口にするのはやめた。どの道ルインの行き先なんて、俺が考えたところでわからないのだ。だったらこの自信満々の江崎に一旦全ベットしてもいい。そんな気持ちになってきたのだ。

「ただ、ちょっとわからない所もあるね」と腕を組みながら江崎は言った。

「どういう所？」と俺は聞いた。

「だって、ルインと峡谷って、そのまま結びついてなくない？　ルインを和訳したら峡谷になるのならまだしも、全然違う意味なんだから」

「あ、そういうディテールも気にするんだ」俺はちょっと驚いて言った。

「当たり前でしょ」と江崎は強く言い返した。「ディテールこそが呪術師にとって一番大切なものなんだから」


俺たちはルインの家に戻り、ルインの母親から許可を得て、ルインの部屋を調べた。

ルインと乾いた峡谷を繫《つな》ぐピースは意外と早く見つかった。ルインが小学三年生の時から使っている英和辞典の装丁に、乾いた峡谷の絵が描かれていたのだ。

抽象的で色数の少ない画風だ。ジョージアのエメラルドマウンテンの缶に描かれている山の絵みたいだった。

ルインはruinの意味を知った日から、悪夢を見るようになったと言っていた。そしてruinの意味を知るためには辞典を引く必要がある。

英和辞典の装丁に峡谷の絵が描かれているという事実は、ルインという言葉と峡谷の悪夢の間に、直接的な繫《つな》がりを作っているように思えた。

江崎はルインの母親の許可を得て、その辞典を持ち出した。

マンションのドアを閉めたところで、江崎が言った。

「さて、これからあんたにはルインの夢の中の峡谷に行ってもらうんだけど」

「え、俺が行くの？」俺はすこし驚いた。

「そうだよ」

「江崎が行くんじゃないの？」

「ルインの夢に宮澤が出てきたんでしょ。それって呼ばれてる証《あかし》だから」

「俺、呪術とか使えないけどいいの？」

「当たり前でしょ。修行もせずに使えるほど呪術は甘くないわよ。あんたが呪術を使えなくても、私が使えるからいいの」

冗談のつもりで言ったのに本気で怒られてしまった。当たり前だが、江崎は呪術に対して本気なのだ。

「どうやって行くの？」と俺は聞いた。

「まず、あんたには寝てもらう。枕元で私がこの辞典を使って、ちょっとした儀式を行う。そうしたら、あんたはルインの夢の中に行ける」

すこし考えてから、わかったよ、と俺は言った。

本当にそんなことで問題が解決するかは半信半疑だったが、俺は江崎に全ベットしたのだし、彼女が儀式をやると言うのなら、全面的に協力しなければならない。

「この近くで、あんたが寝るのに都合のいい場所ってある？」

俺はすこし躊躇《ためら》ってから、「俺の家かな」と言った。

「あんたの家もこの近くにあるの？」

「うん。俺とルインは幼馴染《おさななじみ》だから」

「ふうん。じゃあ、行こっか」

特に躊躇《ためら》いもせずに江崎は言った。同年代の異性の家に行くという緊張感は江崎にはないようだった。呪術師として依頼人の家に行くという感覚の方が強いのかもしれない。その方が俺も気楽だから良かった。

江崎と一緒に家に帰った。俺の家は一軒家だ。

両親は共働きなので、幸いにもどちらも家にいなかった。もしいたら、江崎のことを説明しようがなかったので助かった。『江崎は呪術師だから、儀式を行うために来てもらっている』……？　そんなことを言ったら間違いなく心配されるだろう。

自室に入る。

江崎は一言、「オタクの部屋だ」とだけ言った。俺の部屋のどの辺がオタクっぽいのかは気になったが、そんなことを問い詰めている場合じゃない。

パジャマに着替えて、布団《ふとん》の中に入った。枕元の時計を見ると、まだ午前中だった。

「眠れそう？」と枕元で江崎が聞いた。

「大丈夫だと思う」と俺は言った。

普段ならば眠気のない時間だが、最近は眠りが浅いので、いつでも寝ようと思えば眠れる状態だった。

「リラックスできるお香は要る？」

お香って。おばあちゃんっぽくてちょっと笑ってしまった。

「なくても大丈夫だと思う」と俺は言った。

「遠慮しなくていいからね。あんたに寝てもらわない限り、ルインの問題は解決しないんだから」

「わかってるよ」と俺は言った。

やれやれ、なんだか大変なことになってしまったと俺は思った。ルインが消えて、呪術師が来て、俺が夢の中でルインの峡谷に行かないと問題が解決しなくなった。本当にこんなことでルインが助かるのかはわからないが、やると決めたのだし、やらなければ。

消灯し、カーテンを閉めて、眠る態勢が整ったところで、江崎が言った。

「さて宮澤。これから言うことに注意してくれる？」

「どんなこと？」と俺は聞いた。

「ルインの夢に入った直後は、記憶が混乱していると思う。今日が何月何日かもわからないし、直近で起きたことも思い出せない。でも記憶に関しては段々とはっきりしてくると思うから、あまり慌てないで」

「わかった」もう、わかったと言うしかないのだろう。

「それと……忘れないで。あんたが今から行くのはとても危険な場所だってことを」と江崎は言った。「あんたは人の夢の中に入るの。そして夢の中って、よく理不尽なことが起きるものでしょ。脈絡なく危機が降り掛かったりするものでしょ。それを胸に刻んでおいて」

「わかった」と俺は繰り返した。

「それと……私の想像だけど、あんたが行く場所には、蔦原果南もいると思う」

「へ？」なんで果南が。

「宮澤は知らなかったの？　蔦原も昨日の夜から行方不明になってるんだよ。b組のホームルームで先生が話してたって」

俺は言葉を失った。だが今は動揺している場合じゃないと思って、ともかく「知らなかった」とだけ口にした。

「本当に知らなかったんだ……。トイレでヤったほどの仲なのに」

「一言余計だろ」

「蔦原が行方不明になった状況も、かなり不審だったみたい」と江崎は言った。「で、全く同じ日に二人の女の子が、不審な状況で失踪するなんて、普通はありえないでしょ。そして普通はありえないことが起きた時は、呪術の仕業だと考えるべきよ」

「二人の失踪はどう関係しているんだろう」と俺は聞いた。

「蔦原果南も呪いの強い子だから、ルインの呪いに巻き込まれたんじゃないかなと私は思う。呪いを持った人間同士、お互いの力を増幅し合ったんだと思う。だからルインのいる場所には、蔦原もいると思う」

そう言われると、すこし気分が塞いだ。夢の中であろうと現実であろうと、ルインと果南が同じ場所にいて、そこに俺が行かなければならないというのは気詰まりな想像だった。

ただ事態を収束させるためには、二人と対峙《たいじ》するのは避けられないことだ。その場所が夢の中になっただけだ。そう思うことにして、自分を奮い立たせた。

「で、さっきの危険っていうのは、あんただけじゃなくて蔦原果南にも降り掛かるってことを忘れないで」と江崎は言った。「むしろ、あんたよりも蔦原の方が危険かもしれないわ。蔦原はルインに恨まれているだろうから。ルインは形而下《けいじか》の世界だったら蔦原に危害を加えたりはしないだろうけど、無意識の世界って、理性の制御を超えて感情がむき出しになったりするものだから、とんでもないことをするかもしれない」

俺はうなずいた。つまり俺はルインを元の世界に戻すだけではなく、果南の命を救うことも要請されているのだ。

「長くなっちゃったね」と江崎は言った。「ルインを救うためなんだから、事前にどれだけ注意をしたって足りないくらいなんだけど」

わかってるよ、と俺は言った。江崎が念入りに注意してくれるのも、彼女がルインを心配に思っているからだ。

「私が部屋の中にいたら寝づらいよね」と江崎は言った。「漫画を借りてもいい？　適当にこの家のどこかで暇を潰しているわ。親は帰って来ないよね？」

「大丈夫だと思う」と俺は言った。「漫画も自由に読んでていいよ」

江崎は本棚にある漫画を何冊か取って、俺の部屋を出ていった。

＊

思ったよりも早く睡魔は訪れた。それだけ俺は疲れていたのだろう。身体《からだ》から緊張を解ける時間を求めていたのだろう。誰かにぐっすり眠ることを求められたかったのだろう。きれぎれの意識の中で、俺は枕元に江崎がいるのを感じ取った。まだ完全に眠り切ってはいないのに、部屋に戻ってきてしまったようだ。

でも今は江崎がいてもそのまま眠れそうな気がしたから、何も言わないことにした。体の上に重く覆いかぶさっている、快い眠気だって逃したくない。

枕元で江崎は、ルインの英和辞典を手に、なにか呪文を唱えていた。小さな声で、同じ言葉を呟《つぶや》き続《つづ》けていた。

何を言っているのだろう？

俺はその呪文を聞くともなく聞いていた。

「……吐普《とお》、加美《かみ》、依身《えみ》、多女《ため》……」

そう江崎は囁《ささや》いていた。何度もその言葉を繰り返していた。とお、かみ、えみ、ため、とお、かみ、えみ、ため……と囁《ささや》き続《つづ》けていた。

心地のよい反復と共に、徐々に俺の意識は薄れていき、現実と俺の接点が曖昧になっていった。

19 バッドランドⅢ -Badland Ⅲ-

ひとりの少女が英和辞典を前に、仏頂面《ぶっちょうづら》を浮かべていた。

気がつくと俺は俯瞰《ふかん》で、その少女を眺めていた。

その少女の顔には見覚えがあった。いや、見覚えがあるどころではなかった。ひと目見ただけで俺の中にある、甘さと切なさの伴う特別な記憶が想起された。聖域とも呼べるその場所を一人きりで占拠している、彼女は小学生の頃の藤代《ふじしろ》ルインだった。おそらく俺と知り合う、一年ほど前のルインだと思う。

彼女は子供部屋の勉強机に座っていた。その部屋は、先ほど俺が行ったマンションの一室とは異なっていた。

よく考えたら今のルインの家は、父・母・娘の家族三人で住むには狭すぎる。だからルインの父親が死んだタイミングだとかに、母子二人で引っ越しをしたのだと思う。

ルインは引っ越し前の自分の部屋にいた。そして江崎《えざき》が持ち出してきた英和辞典をめくっていた。

小口の見出しの『R』の欄から、ルインは『ruin《ルイン》』という、自分の名前と同じ読みを持つ英単語を探し出し、ページをめくった。

人差し指をピンと伸ばし、一行一行、目的の文字列がないかを探していき、ページの中段の半ばくらいまで来て、ようやく彼女は『ruin』という英単語の項目にたどり着いた。

するとそこには、破滅を含む様々な意味が書かれていた。

廃墟《はいきょ》・破滅・荒廃・破産、古い意味では『貞操の喪失』とかだ。

彼女はその記載内容を見て、眉を寄せた。

一度辞典から目を逸《そ》らし、小首をかしげてから、ふたたびその項目に目をやった。

だが何度読んだところでその意味は変わらなかった。

『rú:in』という発音記号を睨《にら》み、ルインは本当に『ruin』を『ルイン』と読むのか、しばし考えるような顔をした。

英単語の表記と発音の関係は複雑だから、ひょっとしたらこの単語の発音は『ルイン』ではなく、『リューイン』や『ライン』の可能性もある――。

だが、だとしても私の名前をローマ字で書いた時に『ruin』になるのは変わらないのだ――そんなことを悟った様子で、ルインは諦めたように辞典から目を逸《そ》らした。

しばらくルインは顔を伏せたままじっとしていた。

かなりショックを受けている様子だった。

想像以上に気にしてたんだなと俺は思った。純真な小学生なだけに、動揺も大きかったのだろう。自分の名前の意味なんて気にしたことはないけれども、きっと愛とか平和とか幸福とか友情とか、そんな素敵な意味を持っているだろうと信じているような年頃だ。ところが調べてみると、自分の名前の意味は『破滅』だった。

その事実自体もショックだっただろうけど、その事実から浮かび上がる、不吉な予感もまた、彼女の胸を騒がせているように見える。

『ruin』という言葉は、私の人生の表題のようなものなんじゃないか。

だとしたら私の行く末には必ず、破滅が待ち受けているんじゃないか――。

不合理な考えだ。でも合理的でない考えの方が、より強い不安を抱かせたりする。

その時だった。

ルインの母親が彼女の部屋に入ってきた。

ひと目見て、普通でない様子だと感じた。表情や間や足取りから受ける総合的な印象が、どこか平常とは異なるのだ。

母親は、内心の動揺を押し隠そうとしているかのような、抑制的な声でこう言った。

お父さんがね、車に撥《は》ねられたんだって。ルイン、お母さんと一緒に病院に行こう――。

ルインはこの後、父親の死に目に遭ったんだろう。直感的に、そのことがわかる。

ルインは以前、父親は交通事故で死んだと言っていた。それがこの日だったのだと思う。

江崎はこんなことを言っていた。

特殊な名前でも、本人が気にしていなかったら呪いにはならない。結局のところ、名前が呪いになるような道のりをたまたま歩んでしまったのが原因——と。

『ruin』の意味を知ったその日に、最愛の父親が息を引き取ったという事実は、ルインの名前を呪いに変える、最悪の偶然だったんだろう。

こうして呪いとなったルインという言葉は、彼女の心の中に荒涼とした峡谷を作り、最終的に彼女をそこに閉じ込め、現実の世界から彼女を連れ去った。

俺は今から、そこへ向かう。

＊

バッドランドに来たばかりの時は、記憶がはっきりとしなかった。

でも今はしっかりと思い出せる。俺は今、江崎の導きに従って、ルインの夢の中の峡谷に来たのだ。失踪したルインを現実世界に連れ戻すために。

俺はルインの隣を歩きながら、彼女の要求に従って、果南《かなん》と浮気《うわき》をした経緯を話していた。

ようやく先週の日曜日の話が終わるところだった。だがそこまで話したところで、ここに来るまでの記憶が戻ってきた。

ルインも記憶が戻ってきたらしい。俺たちは困ったようにお互いの顔を見た。

やがてルインが言った。

「そっか。もう結論は下されていたんだね……」

どこか諦めが感じられる声色だった。

そうだ。俺たちはもう別れていたのだ。俺が果南と学校の男子トイレでヤっていたという、最悪の浮気《うわき》がルインにバレて、それが理由で水をかけられて『さよなら』と言われて、俺たちはもう恋人同士ではなくなっていたのだ。

「私たちの関係に、もう終止符は打たれていたんだね」とルインは言った。「だから君に浮気《うわき》の話をしてもらう必要はなかったし、それを聞く権利も私になかったんだね」

事実を一言一言口にして、それを自分に言い聞かせていくような言い方だった。その口調がどこか痛々しく感じられたから、俺はつい言葉を挟んだ。

「ルイン、俺が浮気《うわき》をした、本当の理由は――」

その言葉の先を発する前に、ルインは割り込んで言った。

「言わなくていい」突き放すような口調だった。「ワタは優しい人だから、優しい君なりの理由があったんだと思う。それくらいのことは私にもわかるから、それ以上、弁明しなくていい」

「でも……」

そうは言われても弁明したかった。ただ果南に脅されて誘惑に負けただけじゃなくて、俺なりに内省してたどり着いた、果南と浮気《うわき》をしてしまった理由が、もう一つあったのだ。

それを口にして、わかってもらって、ルインと復縁したいだなんて、そんな虫のいいことは考えていない。

でも彼女に話したかった。彼女に伝えたかった。

それにルインの方も、心の底では弁明の言葉を求めているように見えた。破局や復縁は別にして、俺の裏切りの理由を、ちゃんとした言葉で聞いて、納得したいように見えた。

だがルインは視線を逸《そ》らして、意固地になっているような、断定的な言葉使いで俺に言った。

「別れたってことはさ、私たちってもう、他人だよね？　だから君のプライバシーに関することは知らなくていいし、さっきも言ったけど、知る権利もないんだよ」

「ルイン……」

「君がどういう人かってことも、もう全部関係なくなっちゃった。そして関係ないことは、知らなくていい」

そんな言い方をされると、俺もこれ以上、話を続けられなかった。

ルインはバッドランドの空に浮かぶ、ハリボテめいた雲に向かってこう呼びかけた。

「ねえ、バッドランド。……バッドランドでいいのかな、私はこの空間をバッドランドと呼んでるけど、違ったらごめんね。今はこの場所のことをバッドランドと呼ぶね」

ルインは胸元で祈るように手を組むと、こう続けた。

「バッドランド、早く私とワタをこの場所から出してよ。もう私がワタと語ることなんて、語り合いたいことなんて、語る資格のあることなんて、何もないんだから……」

空に声が届くように、ルインはすこし大きな声を出した。その声は独特の反響を持っていた。こんなにも遮蔽物のない場所なのに、狭いチェンバーで発されているかのような。

「ねえ、バッドランド……」

ルインはふたたびそう呼びかけた。でも空にはなんの変化も起きなかった。まるでルインの言葉を無視しているみたいだった。

沈黙が訪れた。話すこともないし、かといってこの空間から出ることもできないという、嫌な沈黙だった。

その気まずさを紛らわせたくて、そしてやっぱり、自分が考えたことを、ルインには言葉で説明しなければならない気がして俺は言った。

「あのさ……」ルインはこんな話を聞きたくないかもしれない。でも俺は、言うべきだと思って言った。「俺が果南と浮気《うわき》をしたのは、結局のところ、君にフられる理由を、フられる前に作りたかったんだと思う。君と当たり前に付き合って、当たり前に愛想《あいそ》を尽かされて、当たり前にフられるという、そんなどうしようもない悲しみを味わうのが怖かったんだと思う。君は素敵な女の子で、作ろうと思ったら俺よりも魅力的な彼氏なんていくらでも作れる。考えれば考えるほど、俺なんかと付き合う理由なんてないように思えてくる。だから俺は、フられる前に、フられてもいい状況を作りたかった。果南と関わって、フられたって仕方ないと自分に言い訳できる状態になって、そのまま全てを駄目にしてしまう誘惑に、俺は耐えられなかった。俺の浮気《うわき》の理由の源は、屈折しているようだけれども、君にフられる不安だった」

ルインは俺の言葉に何の反応も示さず、ただ空を見つめていた。バッドランドが彼女の呼びかけに応じてくれるのを待っているのだと思う。

だが空模様が変わる気配はまるでなかった。この空間ができた時から、この世界の天気は曇りと晴れの中間のような状態で固定されている。そう告げられている気がした。

「完璧な彼氏にならないと、フられてしまうと思った」と俺は言った。ルインが俺の話を聞いている様子はなかったけれども、一方的に話を続けた。「だって君はそれだけ素敵な女の子で、俺は平凡な人間だから。完璧にならないと釣り合いが取れないと思った」

ルインはちらりと俺を見た。可憐《かれん》な横顔が見えた。その顔を眺めながら俺は言った。

「果南との最初のデートで関係を持ってしまった時点で、もう俺は完璧にはなれないんだと思った。フられる不安を紛らわせるために、他の女の子と関係を持ってたなんて、言われてもわからないと思うけど――」

「わかるよ」とルインは不意に口を開いた。「ワタの気持ちはわかるよ。だってそれは、私がたくさんの男の人と付き合っていた理由と同じだから。一人の人間に愛を求めて、その人に裏切られたら怖い。彼氏をたった一人に定めて、その人と別れることになったら怖い。だから私は全ての恋に対して、中途半端《ちゅうとはんぱ》な向き合い方をしてた。本気で人を好きになったことなんて、実は数えられるほどしかなかったんだよ」

ルインは俺の方を見ずに、何気ない素振りで灰色の空に手を伸ばしながらこう言った。

「私の恋愛はいつもこう——本気で好きになったわけじゃない、ただ告白されたから受けてみただけ、ただ『知りたい』から付き合っただけ、たまたま彼氏がいないから付き合ってみただけ……」彼女の指先が、造り物めいた太陽の光を浴びて白く光っていた。「別れたって、本気で好きじゃないから気にしてない。もう『知った後』だから後悔してない。どうせ直《す》ぐに彼氏ができるから大丈夫……そうやって、自分が真正面から傷つくことを考えないようにしていたんだよ」

ルインはようやく俺の方を見た。大きなガラス玉みたいな彼女の瞳は、バッドランドの空模様の光を取り入れて、ますます非現実的なくらいに透き通っていた。

「……私は無傷で人と付き合いたかった。無傷で人と付き合う方法は、付き合う相手を増やしていって、上手《うま》くいかなかった時の痛みを分散することだった。目の前の相手に向き合わず、いつだって他の恋や、未来の恋があると自分に言い聞かせることだった……」

彼女は目を逸《そ》らし、なんでもない岩場の方に目をやりながらこう言った。

「私は図太いってよく言われる。でもそれはね、本当は『繊細未満』なんだよ。ただ繊細な所に触れられないように生きているだけなんだよ。そんな生き方の工夫が、他人には図太く見えるだけなんだよ。本当は、私はただ、大切な人がいなくなるのが怖い――」

ルインは顔を上げて、ふたたび俺を見た。白い空の光を浴びて、彼女の肌は白磁のように一様な白に染まっていた。造り物のように美しい彼女の姿は、どこかレプリカめいたこのバッドランドの一部のように感じられた。長いまつ毛を俺の方に向け、白鳥の羽ばたきのように目を瞬《しばた》かせて、それから彼女は言った。

「好きだよ、君のこと」

さり気ない言葉だった。どことなく寂しさの伴う『好きだよ』だった。

ルインは続けた。

「今でも好きだよ。ふしぎと。こんなにこっぴどく裏切られたのに」

俺は何も言えなかった。彼女の口にする『好きだよ』が、俺には『さよなら』のように感じられたのだ。表面的な意味に反して、別れの言葉に思えたのだ。

「本当にふしぎだよ。たくさんの人と付き合ったのに、この恋にしかないと思うものを、私は君との間に感じている。運命のようなものがあると思っている……。君と一緒にいた時間なんて、まだそんなに長くないのに。これから増やしていく最中だったのに。この恋は育てていく最中だったのに」

とルインは言った。彼女は足元の小石を、靴底のゴムの側部で弱く蹴り、諦めたように言った。

「でもう……この恋は駄目になるんだよ。私はたくさんの恋をしてきたし、たくさんの人の恋の話を聞いてきたから知ってる。恋人と別れた直後は、誰だってすごく憂鬱そうにする。まるでこの世の終わりみたいに。……でもね、すこし時間が経《た》つと、皆元カレの悪口を多かれ少なかれ言うようになる。薄情なわけじゃなくて、それが自分の心を守るために無意識が取っている戦略、防衛機制、正当化、合理化なんだよ。大した人間じゃなかったから、別れて正解だったって皆思いたいんだよ。本当はまだ残っている恋心を、自分の心を守るために痛めつけて、再燃しないようにしたいんだよ。私は別れた恋人の悪口をあまり言う方ではないけれども、君の悪口は言うようになるのかもしれないな。ちょっと嫌だけどそんな日が来るのかもしれないな。そして君も私と別れたら、私の悪口を当たり前に言う日が来るかもしれないな」

「……来ないよ」俺は反射的にそう答えた。

「そうだろうね」

ルインは、君はそういうことを言わない人だね、と続けた。

ふたたび沈黙が下りた。やはり嫌な沈黙だった。どれだけ話したって、この場所には必ず、嫌な空気が立ち込めるのだ。

場所の問題ではなくて、俺とルインが同じ場所にいるからかもしれない。俺たちがいる場所は、これからも嫌な空気に包まれる。そんな不吉な予言をされている気分になった。

「……バッドランド」ルインはふたたび空に向かって言った。「ねえ、バッドランド。まだ私たちをここから出してくれないの？」

空はやはり何も答えない。空はあくまで空なのだと主張しているかのように。

「バッドランド、早くここから出してよ。私はもうこの場所にいたくない……ワタといるのが辛《つら》いよ」

その言葉を聞いて、胸がきゅっと詰まった。

俺だって同じことを思っていた。『ルインといるのが辛《つら》い』と。

でもそれを口に出されてしまうと、心の中ではなく現実の領域に持ち出されてしまうと、いよいよ本当に終わったのだと思ってしまう。俺たちの関係は終わったのだと。

その時だった。俺はふと思い出した。

「あのさ……ルイン」

「どうしたの、ワタ」

「江崎が言ってたことなんだけど」

「隠れ呪術師だったユナが、どんなことを言ってたの？」

タイミング的に伝えづらいことだったが、教えないわけにはいかないことだ。

「どうやら果南もこの空間に来てるみたいなんだよ」

「へ？　果南ちゃんが？」ルインは不意を突かれたという様子だった。「なんで果南ちゃんが私の夢の中にいるの？」

「果南も現実世界で行方不明になってるんだよ。ルインと同じように」

「えー、そうなんだ」

「うん、で……江崎の言ってたことを簡単に要約すると、呪《い》いを持った女の子なんだよ。名前に対する過剰な思い入れ、江崎の言葉で言うと呪いを持った女の子なんだよ。だからルインの力にも影響されやすいんだって。それで、ルインと同じタイミングで行方不明になってるから、ひょっとしたらルインの峡谷の中にいるんじゃないかって江崎は言ってた」

「えー……果南ちゃんなんて見たかなあ」

「果南を見つけることが、この場所を出る条件なのかもしれない」

俺はそう言った。あんまり本気で思っていることではなかったが、見つけないことには戻れないのは確かだ。

ルインは難しい顔をした。それから、あっ、と何かを思い出したように言った。

「果南ちゃんの居場所、わかるかも！」

「え、本当に？」

「うん。記憶がぼんやりとしてて、上手《うま》く思い出せないんだけど、確かにこの峡谷で果南ちゃんと会った気がする！」話しているうちに記憶が蘇《よみがえ》ってきたというふうに、ルインは語気を強めた。「そうだそうだ！　私、果南ちゃんとここで会ったよ！　ワタと会う前に会ってた！」

「おお！」と俺は言った。どうやら江崎の推理は合っていたらしい。「場所はわかる？」

「場所はね……。ん？」ルインは目をぱちくりと瞬《しばた》かせた。なにか不都合なことを思い出したみたいに。「え……ちょっと待って」

「何？　どうしたの？」

「そっかそっか…………」ルインは小さな声で呟《つぶや》いた。「へ、マジ？？　やっば……」

「やっば、って何？」なんだか嫌な予感がしながら俺は聞いた。

ルインはその事実を口にするのをすこし躊躇《ためら》っていたが、結局は言うしかないと思ったのか、言いづらそうに言った。

「私、果南ちゃんのことを金属バットでボコボコにしちゃったかも……」

「へ？」

「あはは……いや、その」ルインは苦笑しようとしたが、上手《うま》く笑えていなかった。「あの……その……金属バットで果南ちゃんの背中を……気がついたら滅多打ちに……あはは……」

その笑い声は乾いていた。

みるみる血の気が引いていった。背中に氷柱《つらら》を当てられたみたいだった。

ルインも俺と同様に、血の気が引いている様子だった。顔が青白くなっていた。

江崎は『無意識の世界だと、理性の制御から解き放たれて、感情がむき出しになったりする』と言っていた。それが原因で『とんでもないこと』が起きたりするのだと。

「ま……マジでやったわけではないんだよ？」ルインはあわあわと弁解し始めた。「私って別に、そんなにバイオレンスじゃないし？　人に手をあげたことってほとんどないし？　平和主義だし？　果南ちゃんのことを殴りたいと思ったことは……まあ、ないと言ったら嘘《うそ》になるけど、本気で思ったことはないし？　でも……なんか気がついたら……果南ちゃんをボコボコにしちゃってたんだよねー……あはは……」

「…………」

夢の中だと、人は突飛な行動を取ったりするものだ。俺だって自分が奇行をしている夢を見て、目覚めた後に「なんであんなことをしていたんだろう？」と思ったことがある。というか夢の内容なんてだいたいそんなもんだろう。

俺はなんとか言葉を振り絞った。

「……まずは果南を探そう！」

「そ、そうだね！」とルインは震える声で言った。

「……大丈夫だよ、ルイン。ここは夢なんだよ。ルインは夢の中で怪我《けが》をしたことはある？　無いでしょ？　果南を現実で殴ったわけじゃないんだから大丈夫！」と俺は言った。なんだか俺は、自分で自分にそう言い聞かせているみたいだ。

「そうだよね……」とルインは言うが、不安を抑えきれていない様子だった。

ひとまず俺たちは果南を探しに行った。

バッドランドは広い。本当に果南を見つけられるだろうか？　似たような風景ばかりが広がっているから、見つけるまでに迷子になることさえもありそうだ。

とりあえず、最初に俺とルインが会った場所と思われる所に戻った。確信はないが、たぶんここだという位置だ。

そこからは、果南を見たというルインの記憶を頼りに歩き回った。

ルインの記憶は曖昧だったが、すぐそばには峡谷があり、そこには近づかなかったらしいこと、俺たちがさっき歩いている間には果南を見なかったことを考え合わせると、探すべき方角は自然と限られた。

探し始めてから二十分ほどが経過した頃、果南は見つかった。

果南は無傷だった。

俺は安堵《あんど》した。それどころか彼女は安らかな表情で、すやすやと砂色の草むらの上で眠りに就いていた。

ルインは首をひねりながら言った。

「けっこう殴ったはずなんだけどな……」死んでもらっていては困るが、さりとて完全に無傷なのも納得がいかないという言い方だった。

「夢の中なんだから、こんなもんだよ」と俺は言った。なんでルインはすこし不満そうなんだと思いながら。

江崎に『危険な場所だ』と脅されていたので、内心かなり焦《あせ》っていたのだが、無事で良かった。バッドランドは一応ルインの心の投影だから、彼女が果南に対して、さすがに殺意までは抱いていないことが幸いしたんだろうか。

「で、どうやったら果南ちゃんを元の世界に戻せるんだろう？」とルインは聞いた。

「さあ……」俺は首をかしげた。

「谷に落っことしたら戻ったりしないかな？」とルインは言った。

「………」俺は絶句した。

「冗談だよ、冗談」

あんまり冗談になってないんだよな。

しかし、どうすれば果南を現実に戻せるだろう。このまま果南の目が覚めてしまって、三人でバッドランドに取り残されたら気まずすぎるけど……。

――なんてことを考えていたが、そんな心配は杞憂《きゆう》だった。

果南はいつの間にか消えていたのだ。

本当にさり気なく、瞬時にいなくなっていた。まるでさっきまで人の顔に見えていたルビンの壺《つぼ》が、いきなり壺《つぼ》にしか見えなくなって、二度と人には見えなくなったみたいに。

あまりにも急に消失したので、目を擦《こす》ったり細めたりしたら、また果南が現れるような気がしたのだが、やっぱりそんなことはなくて、目の前には無人の草むらが残っているだけだった。

「まあでも、夢ってこういうもんじゃない？」とルインは言った。「脈絡なく人が消えたりするものだよ」

「そう言われたら、そうかもだけど」実際に目にすると、不安を煽《あお》られるものだな。「果南は元の世界に戻れたのかな？」

「戻れたと思うよ。なんとなく確信があるんだ」

そうルインは言った。この世界の主《あるじ》としての直感が働いているのか、あるいは単なる勘なのか、どちらかはわからなかったけど、どちらにしたって今は確かめようがない。

とりあえず、果南は現実に戻れた。

そう思っていいんだろう。

……が、俺たちはまだバッドランドから出られない。

どうやったらこの世界から出られるのか、その手がかりさえも摑《つか》めていない。

ルインと一緒にいるのも、段々と気詰まりになってきた。

果南を一緒に探すという共通の目標があるうちは良かったが、その話題もなくなってしまうと、ただただ気まずさだけが残った。

なんとなく、ルインと一定の距離を空けながら歩いていると彼女は言った。

「私、西の方に行ってみるよ」

「西？」

「ほら、私たちって今なんとなく太陽に向かって歩いてるでしょ？　あれを南だと仮定すると、左の方に行ってみるってこと」

なるほど。つまり俺と別方向に行きたいと言っているのだ。気まずさが限界に達していたから、正直なところ、助かったような気分になった。

太陽の位置はさっきから全く動いていない気がする。たぶんこの地には天体の運行という概念はないんだろう。だから太陽を目印にすることにも賛成だった。

いいよ、と俺は言った。

ありがと、とルインが言った。

こうして俺たちは二手に分かれ、バッドランドの別々の方向へ歩いていった。

歩きながら色んなことを考えた。

どうして俺たちはこうなってしまったんだろう。まだ俺はルインのことが好きなのに。ルインも俺のことを、まだ好きだと言ってくれたのに。

事実のみを見れば、俺が浮気《うわき》をしたのが原因だ。だがその前から、上手《うま》くいかない予兆のようなものがあった気がするのはどうしてだろう？　不吉な兆《きざ》しがあったように思えてくるのはどうしてだろう？

例えば、学校で俺が果南に腕を組まれているのを見た時、ルインはほとんど何も訊《き》かず、なすがままだった。

彼氏の不審な行動を、不意に目の当《ま》たりにしてしまった女の子としては、平凡な反応かもしれないが、ルインにしては受動的だった。

その翌日、トイレでの件について俺を問い詰めてきた時も、ちょっと変だった。

ルインは『モモがクロだと言っていたから』と説明していたが、にしてもあの時のルインは、俺が犯人であることをはっきりと確信している様子だった。弁護人というか、介錯人《かいしゃくにん》のような趣《おもむき》だった。彼氏が浮気《うわき》の疑いをかけられているのだから、逆に感情的に否定してきたっておかしくないのに。

そしてさっきの会話だ。

ルインは俺の浮気《うわき》について『他人だから』と言って詳しく聞かなかった。根掘り葉掘り事情を訊《たず》ねてきたりはしなかった。そういった潔《いさぎよ》さもルインの性格の一部のように思えるが、にしても引《ひ》き際《ぎわ》が潔《いさぎよ》すぎる気がした。普通に考えて、もっと気になるものじゃないか？

総合して……ルインは「浮気《うわき》」というトピックに対して、どこか淡白で、一定の距離を置いていた。

まるで人災ではなく、天災に対処しているようだった。浮気《うわき》を悲しんだり感情的になることはあっても、それを否定したり、深入りしようとはしなかった。

そんなルインの態度は、どこから来ているんだろう？

そんなことを考えているうちに、俺は繁華街に着いていた。

俺は驚いた。バッドランドにも繁華街があるのか。

だがどこか、現実の繁華街とは異なっていた。どの店も実在感が欠けていて、近づくと幽霊のように消えてしまいそうだった。

通行人はいるが、全員顔つきが見えなかった。顔の周りがぼんやりとしていて、よく見るとベージュのクレヨンで塗り潰されたようになっていた。

ふと、ある店の看板の文字が目に入った。

『レンタルビデオ』

そう書かれている。ここはレンタルビデオ店のようだった。ご丁寧に店の外には返却ポストとガチャポンのコーナーもあった。

こういう店の看板って『TSUTAYA』とか『GEO』とか、具体的な店の名前が書かれているもので、店の種類が書かれているのは珍しいよなと思ったが、考えてみればどんな店だってそうか。アパレルショップの看板に『服』と書かれていたりはしない。

俺はなんとなく、その中に入った。

中は平凡なレンタルビデオ店だった。俺は普段、こういった場所ではコミックを借りることが多いが、バッドランドのレンタルビデオ店はＤＶＤしかないらしく、そればかりが置かれていた。

面陳されているＤＶＤのパッケージを見てみた。

するとそこには、バースデーケーキと共に微笑《ほほえ》む、幼いルインの写真が印刷されていた。タイトルには『六歳の誕生日の思い出』と書かれていた。

この他にも『父との死別』と書かれたものや、『運動会の短距離走で一位』と書かれたものや、『大好きな友達と遠足』と書かれたものなど、色んなものがあった。

どうやらここはルインの記憶や体験が、ＤＶＤの形式で保存されている場所らしい。ここはルインの夢の中で、夢と記憶は密接な関係を持っているから、彼女の記憶が保存されている場所もあるのだろう。

あまりここをうろつくのは良くないかもしれないと俺は思った。ルインにだって、勝手に見られたくない記憶が一杯あるだろう。俺が逆の立場だったら、すごく嫌だもんな。

なんてことを思いながら、目の前の棚をなんの気なしに見ていると、ふと扇情的な写真が目に入って、俺はのけぞった。

男性と性行為を行う、裸のルインの写真が印刷されたＤＶＤがあったのだ。

俺はまごついた。どうやらルインの元カレとの記録映像が収められたエリアもあって、たまたまそこを歩いていたらしい。

各々《おのおの》のＤＶＤのタイトルは男の名前になっていた。①や②とナンバリングされていたりもした。そのうち半数ほどのパッケージには、ルインがセックスをしている写真が使用されていて、ルインが色んな顔、年齢、体つきの男性とあれやこれやをしている姿が写っていた。

なんでこの店にはR—18の暖簾《のれん》がないんだ、と俺は思った。夢の中のレンタルビデオ店だからないのかもしれないし、ルインの夢の中だからないのかもしれない。

見てみたい気持ちはものすごくあったが、実際に見るのは道徳に反する気がしたので、俺は何も見てません、何も見てませんと心の中で唱えながら、そのコーナーを出た。

そしてそのままレンタルビデオ店を出てしまおうと思ったが、ふと出口のそばに設置された、こんな名前のコーナーに目を奪われた。

『最新作』

そう銘打たれているだけあって、最近のルインの映像が並べられていた。

コーナーの中央には、俺がルインと初デートをして、レンタルスペースからの帰り道に、彼女と大切な話をした時の写真が使用されたDVDがあった。

自分の写真があると、思わず見てしまう。俺が映っているDVDが他にもないかと思って、ついそのコーナーを注視すると、思わぬDVDがあって、俺は眉をひそめた。

反射的に、そのパッケージを手に取った。

パッケージに書かれた日付は十二日前になっていた。俺と果南のデートが十一日前だから、その前日の金曜日ということになる。

パッケージに書かれた日付と、この映像が撮られた日……つまりルインが体験した日付は一致するのだろうかと俺は考えた。

一致する、と考えるのが妥当だろうと俺は思った。わざわざ変える必要もないし、自分の初デートのＤＶＤに印字された日付を確認してみると、確かに現実のデートの日付と一致していたからだ。

ルインの記憶違いなどがあれば、それに従って日付がズレたりするのかもしれないが、少なくとも『最新作』のコーナーにあるＤＶＤに印字された日付は、現実と同じと考えるのが普通だろう。

だが……こんなことがあり得るのだろうか？

パッケージを持つ俺の手は震えていた。

これは本当に現実に起きたことなのか？　ルインの空想とか夢とかがＤＶＤ化されたものではなくて？

いやしかし、もしこれが事実だとすると、俺が今感じている違和感に説明がつくような気がする。

どう説明がつくかは直《す》ぐにはわからないが、主な筋は通るような気がする。

ＤＶＤのパッケージにはこんな写真が用いられていた。

エロいメイド服で、青崎沓《あおさきとう》と性行為をしているルインだった。

ルインは青崎杏と浮気《うわき》をしていたのだ。

俺と果南が肌を合わせる前日の金曜日。ルインも青崎とヤっていたのだった。

＊

俺は何枚かのDVDを借りて、そのレンタルビデオ店を出た。

もう、他人のプライバシーを勝手に見ることに対する抵抗感は一切なかった。俺は目につく限りの気になるDVDを全て借りた。

ふらふらと繁華街を歩いていると、『DVD鑑賞』と大きな字で書かれた、けばけばしい内照式看板があった。

入ったことはないが、個室ビデオ店という奴《やつ》だろう。

DVDの持ち込みはできるのか？　そして未成年は入れるのか？

結論から言うと、バッドランドの個室ビデオ店に関しては、どちらも可だった。

俺はその店の中で、ルインと青崎がヤっている映像をじっくりと眺めた。

俺がルインとセックスした時、俺はルインの体を丁寧に愛撫《あいぶ》したし、彼女の体を傷つけないよう、繊細に扱った。

だが青崎はルインの体を乱暴に触り、揉《も》みしだき、スパンキングし、あえてぞんざいな言葉を使ったりしていた。ルインもサディスティックに責められることに対し、ノリノリの様子であった。

『欲しいんだ？　じゃあ、おねだりしてみろよ？』

『欲しいです、青崎先輩の太くてたくましいおち――』

俺はついミュートにした。それ以上、聞いていられなかった。

屈辱で頭がいっぱいになった。悔しさが背筋を通って、全身に走った。

だが俺の体は、ルインが青崎に抱かれているのを見て、裏腹の反応を示していた。

ペニスが、はち切れんばかりに勃起していたのだ。

……いやいや、こんなの勃《た》って当たり前だ。人間が生物である以上、当然の反応だ。俺はルインが好きなのだし、ルインは誰が見ても美人なのだし、そこに倒錯的な喜びが追加されているのだから、むしろ勃《た》たない方がおかしいと言える。勃《た》ったからと言って、いいことにはならない。勃起ごときで判断を鈍らせてはならない。

確かなことは一つだ。

俺はルインを問い詰めなければならない。

＊

俺はルインを探して、バッドランドを走った。

ルインは西に行くと言っていた。でもそんなに急いではいないだろうし、俺たちが別れたのもついさっきのことだ。きっとまた見つけられる。

ル〜〜イ〜〜〜〜〜〜ン、と俺は叫んだ。

そうしながら、西に向かってしばらく走った。

一定の距離を走ったら叫ぶ、何度か叫んだら走る、というのを繰り返した。

三十分くらいそうしていると、ワ〜〜〜タ〜〜〜〜〜？　というルインの叫び声が聞こえてきた。かなり遠くからだが、確かにルインの声だった。

バッドランドが静かな場所で助かったと俺は思った。もうちょっと騒がしい場所であれば、俺たちがふたたび会うのは困難になっていただろう。

こうして俺たちは再会した。

息が荒くなっていたので、しばらくルインの前で呼吸を整えた。その間、ルインは怪訝《けげん》な目を俺に向けていた。

呼吸が平常に戻ったので、俺はルインに、さっきまで背中に隠していたＤＶＤのパッケージを差し出した。

そこにはエロメイド服で青崎と性行為をしている、ルインの写真が印刷されていた。

それを見たルインは目を丸くし、しばらく言葉を失っていた。

「何それ」と、ルインは震えた声で言った。

「それはこっちのセリフだよ」

「このDVDはなんだろう？」

「バッドランドにレンタルビデオ店があって、そこで偶然見つけた」と俺は言った。

「レンタルビデオ店」とルインは繰り返した。

「信じられないかもしれないけど、そういう場所があったんだよ」

「………」ルインは黙り込んだ。

「その店では、君の記憶がDVDの形で保存されていた」と俺は説明した。「例えば、君が徒競走で一位を取った時の思い出や、君がお父さんにバースデーを祝われた思い出や、俺たちの初デートの思い出などが、そこでDVD化されていた。バッドランドは君の夢の中なんだから、君の記憶を司《つかさど》る場所もあるんだろうね。記憶と夢は密接に繋《つな》がっているから。で……その店の中に、このDVDがあった」

ルインはうなずいた。ともかくうなずくことで、自分を納得させたという感じだった。

「この写真は一体なんだろう？」と俺はふたたび聞いた。

「なんだろうって言われても……私と青崎先輩がセフレだったことは、ワタも知ってるはずでしょ？　その時のDVDなんじゃないかな？」とルインはとぼけてみせた。

俺はパッケージに印刷された日付を指で示した。

「日付を見てよ。これって先々週の金曜日だよね」と俺は言った。

「……そうだね」

「ここに書いてある日付と、君がこの出来事を体験した日付は一致してるよね」と俺は訊《たず》ねた。

「そ、そうなのかな……」

「一致してるんだよ」と俺は強い口調で言った。「一致していない理由がないし、それに俺はこの映像を見て、映像に映り込んでるスマートフォンの日付表示が、パッケージの日付と一致しているのを確かめたんだよ」

「へー……そう」

「俺たちが付き合ったのって、三週間前の土曜日で、この日よりも前だよね」

「そうだね」

「で、その時にルインは『青崎先輩とはもう会わない』って俺に約束したよね」

「あ……そんな話もしたね」

「ていうか、約束してなかったとしても、恋人がいるのに恋人以外の人とセックスするのって、普通に浮気《うわき》だよね」

「……そ、そうかもね」

「かも、じゃないよ。浮気《うわき》だよ。どうしてそんなことをしたんだろう?」

さっきまでは、俺が浮気《うわき》について問い詰められる側だった。

だが今は、俺が浮気《うわき》を問い詰める側になっていた。反転攻勢だった。

自分も浮気《うわき》をしたのに、相手の浮気《うわき》を責めるのは良くないんじゃないかという考えも、もちろんここに来るまでに頭に浮かんだ。

しかし最終的には、それとは真逆の考えを持つことにした。

つまり、俺があれだけルインに問い詰められたのだから、俺だって同じくらいルインを問い詰めてもいいじゃないか、と思うようになったのだ。

むしろ徹底的に訊《き》いてやろうとさえ思っていた。自分も浮気《うわき》をしていたくせに、俺が浮気《うわき》をしたことに対して、一方的に被害者ぶりやがって。エモめに振る舞いやがって。悲劇のヒロインぶりやがって。よくもまあ、あんなにもカマトトぶれたもんだと俺は思った。

直近のルインとの会話について、漠然と腑《ふ》に落ちないものを感じていたのは、彼女が嘘《うそ》をついていることを無意識的に感じ取っていたからだと思う。

ルインが俺の浮気《うわき》について深入りしなかったのは、彼女自身も浮気《うわき》をしているから、他人の浮気《うわき》を詮索しづらいという、ただそれだけの理由だったのだ。

やがてルインは語り始めた。

「私、中華に目がないんだよね」

「ほう」

「特に餃子《ぎょうざ》が好きで……青崎先輩がテレビでも紹介されている、美味《おい》しい餃子《ぎょうざ》が食べられる店を紹介してくれて」

そういえば、映研にルインが来た時に、青崎からルインに来たメッセージが、そんな内容だった気がする。あれがきっかけだったのか。

「普段は予約が埋まってるらしいんだけど、青崎先輩がその店を教えてくれた週に、たまたま二人分の席が空いてる日があって」

「…………」

「運命かなと思って、行っちゃったんだよね」ルインは無言になってしまった俺の前で、沈黙を埋めるかのように声量を上げた。「でさ！　ワタはフカヒレって知ってる⁉」

「名前は知ってる」

「フカヒレってすっごく高いんだよねー、一皿五千円とかするの。それを青崎先輩は私に奢《おご》ってくれて。一皿だけじゃなくて二皿も奢《おご》ってくれて！　合計二皿、つまり一万円だよねー。高級な中華料理店に案内してくれるだけじゃなくて、フカヒレ二皿もくれて！」

「…………」

「それだけ奢《おご》ってくれると、ちょっとお礼をしなきゃいけないかなという気持ちに……」

「……つまり君は、フカヒレ二皿で買収されたってこと？」

「買収って言葉は悪いけど……」

「フカヒレ二皿で、青崎とヤったってこと？」あえて露骨な言葉を使ってみた。

「乗り気ではなかったけど……」

「いや、乗り気だったよ」と俺は言った。「君はエロメイド服を着て、言葉責めをされながら楽しそうにご奉仕プレイをしていたよ」

「……ヤるからには楽しまないと、って気にもなってきて……」

ルインは言い訳にもならないようなことを言った。『ヤるからには楽しまないと』という気持ちにはすこしだけ共感してしまったが……。

しばらくの間、沈黙が訪れた。耳鳴りがしそうなほどの静寂だった。

やがてルインは言った。

「一回だけだったし！」

「いや、二回やってるよ」

俺は手に持っていたもう一本のＤＶＤを差し出した。

そのパッケージでもルインと青崎は絡《から》んでいた。こっちは全裸だった。

「こっちの日付は先週の木曜だね。だから、君はちょうど一週間おきに、二回浮気《うわき》をしたということになるね」

ふたたびルインは黙り込んだ。それからか細い声で言った。

「青崎先輩が果南ちゃんにフられたばかりで、すごく会いたがるから……」

その発言に対して返事はしなかった。返事をする必要もないと思ったからだ。

ルインは声を震わせて、必死に弁解した。

「わ……私だって君と同じだよ！」

「同じ？」と俺は聞いた。

「私だって君のことが好きで、君のことを考えると不安になるから、この恋が駄目になるのが怖かったから、不安を紛らわせるために青崎先輩と会ってたんだよ！」

ルインは必死の勢いで言葉を続けた。

「……ワタって真面目そうな人だから、前回のデートだと上手《うま》くいったけど、あれは君のことをいい意味で異性として意識してなかったからこそ上手《うま》くいっただけであって、付き合ってみると上手《うま》くいかないんじゃないかっていう、こう……なんというか、理屈のない不安が湧いてきて！　で、そんな時にご飯も全部奢《おご》ってくれて、私の食の好みも知ってて、一時的に不安を全部ぶっ飛ばしてやるぜ！　っていう超頼もしいボランティアみたいなイケメンがいたら、そしてそれがバレないっていう自信があったら、会っちゃうでしょ！」

「…………」

俺は何も言わず、ただ彼女の口にした言葉について考えた。

すると、本筋とは関係がないのだが、どうしても伝えたいと思うことが一つ思い浮かんで、それを口にした。

「あのさ……ルイン」

「何？」

「自覚して欲しいんだけど、君は浮気《うわき》を隠すのが下手だよ」

ルインはぎこちない笑みを浮かべた。

「そもそも一番最初からして、青崎先輩とカラオケから出てきたところを果南に見られてるし、あと君と青崎先輩のセフレの関係が果南にバレたのも、君がスマホを部室に置きっぱなしにしていったからだし、今だって、夢の中とはいえ俺に浮気《うわき》がバレてるし……なんなら二回分バレてるし」と俺は言った。「ルインが過去にやった浮気《うわき》は、もしかして全部バレてるんじゃないかって思うくらいだよ。君の浮気《うわき》がバレないっていう自信はどこから来たんだよ」

ルインは俺から目を逸《そ》らして、気まずそうに自分の足元を見つめた。

「俺が知らないだけで今回みたいに、付き合っている相手に浮気《うわき》がバレて別れたことって、既に何回かやってるんじゃないの？」

「ぐうの音も出ません」とルインはなぜか敬語で言った。

「それから――」

「それから、って何？」ルインは突如、俺の言葉を遮るように声を荒らげた。

「いや、その――」

「うるさい！　うるさい!!　もうどうだっていいでしょ!!」

ルインはキレたように言った。いや実際にキレたのかもしれない。その日一番の大声だった。

俺は唖然《あぜん》として言葉を失ってしまった。

「私は浮気《うわき》をしました！　はい、浮気《うわき》をしました!!　それが何⁉」ルインは開き直ったように言った。

「それが何って――」

「ワタだって浮気《うわき》をしたでしょ！」ルインはまた俺の言葉を遮った。「自分もやってるのに、どうして人の揚げ足ばっかり取るの？　おかしい、おかしいよ!!　平等じゃないよ!!」

「いや、揚げ足って――」

「はい、私はエロメイド服で青崎先輩にご奉仕プレイをしました！　とても楽しくセックスを楽しませていただきました！」ルインは手を高く掲げ、高らかに宣言した。「君は果南ちゃんと学校のトイレで野外露出セックスをしてました！　どちらも浮気《うわき》セックスを楽しんでました!!　それでおあいこ、両成敗でしょ！」

ルインの勢いに負けて、俺は何の言葉も発せなくなった。

ルインは大声を出したら気分が良くなったとでもいうような、原始的な爽やかさを湛《たた》えて、堂々と胸を張ってこう言い放った。

「別にいいでしょ、誰とヤろうと!!」駄々っ子のように両手を振った。「だって誰とヤったって、私が一番好きなのは君なんだもん!!」

ルインは大声でそう言い切った。まるで世界中の雨雲が一斉に晴れたかのような清々《すがすが》しさが、その言葉にはあった。

色んな感情が溢《あふ》れて何も言えなくなっている俺に、ルインは続けた。

「そうだ！　ワタも同じことを言えばいいんだよ！」相変わらずの大声だった。「『俺は果南とヤりました。でもルインが一番好きだから大丈夫』って言えばいいんだよ！」

俺は目をぱちくりさせた。名付けようのない感情の奔流が、胸の中を巡っていた。

ルインは自分で自分の言葉に感得しているように、うんうんと頷《うなず》いた。

「言ったら許したげる！　ああ、なんて賢い私……。優しい彼女」

思いついたことをそのまま口に出しているといったようなスピード感でルインは言った。だから俺は彼女の言葉を理解するので精一杯で、何も返事ができなかった。

また新しく、素晴らしいアイディアを思いついたというふうにルインは言った。

「そうだ！　それで私たちの破局もなし！　お互いに謝って、両成敗でふたたび交際っていうのでどうかな？」

へ、と、えの中間くらいの声が口から漏れた。

交際？

よりを戻すの？　俺たち？

「いや……でも俺、浮気《うわき》しちゃったし。君も浮気《うわき》をしたし。一般的な恋愛観から考えると、俺たちは――」

「うるさいなぁ!!　理屈、理屈、理屈ばっかり!!」とルインは叫んだ。「好きとか嫌いとか理屈じゃないし、誰かとヤりたいっていうのも理屈じゃないんだから、両方のタイミングがかぶることだって普通にあるでしょ!!」

叫ばれると、そうなのかな、という気持ちにもなってくる。これも江崎の言っていた言霊《ことだま》の一つなんだろうか。

ルインとよりを戻す……？

え、だとすると――。

「……じゃあ……」俺は最も不安に思ったことをルインに聞いた。「青崎先輩と会うのは、やめられる……？」

ルインはすこし考える素振りを見せたが、結局は即断と言ってもいいスピード感で俺の質問に答えた。

「無理!!」

無理なのかよ！　と俺は内心で突っ込んだ。

「できると思ってた、でも無理!!　きっと今後も無理だから、もう断言する!!　私はこれからも私の好きなタイミングで青崎先輩と浮気《うわき》する！　ご奉仕プレイをし続ける!!」

海賊王に俺はなる、のような威勢の良さでルインは言った。『ご奉仕プレイをし続ける』と海賊王では目標の高さが全然違うのに。

ルインは土石流のような勢いでまくし立てた。

「だから君も果南ちゃんとヤり続ければいいんだよ!!　それでも私は気にしない!!　トイレでヤるのが好きな変態同士、駅のトイレでも映画館のトイレでも湘南《しょうなん》の海のトイレでもヤりまくっていればいいんだ!!　北海道の最北端にある宗谷《そうや》岬《みさき》のトイレでもヤればいいんだ!!」

「……いや……そんなトイレフェチとかではないけど……」

「え、てかこの発想、すごくない!?」ルインは自分で自分の発言に感動したらしく、声を上ずらせた。「これで一件落着じゃん!!　私は青崎先輩とヤれるし！　君も果南ちゃんとヤれるし！　私たちは付き合い続けられるし！　全てが上手《うま》くいく!!　ヤバい！　天才的なプランじゃん!!　コペルニクス的展開だよ!!　ノーベル平和賞取れるよ!!」

……ちょっと待って。ルインの提案を要約すると、俺とルインは付き合うけど、ルインは変わらず青崎先輩と浮気《うわき》をし続けるし、その代わり俺と果南が浮気《うわき》をしてもいいってこと？

何その四角関係？

本気なのか？　マジで上手《うま》くいくのか？

「あの……いや……」俺はもごもごと言った。

「うるさいうるさい!!」ルインは大声を使って俺の言葉を打ち消した。「私は一番好きな人が一番好きだし、その人とは恋人でい続けたいし、ヤりたいと思ったタイミングでヤりたい人とヤるし、ストレスは一切溜《た》めないし、男に中華料理を奢《おご》らせるし、将来の勉強も上手《うま》くやるし、お医者さんにもなる……それが！　世界で一番可愛《かわい》くて！　頭も良くて！　運動もできて！　コミュ力も最強の藤代ルインに、当然のように許されている権利でしょーが!!」ルインの大声は谷間で跳ね返り、こだまが返ってきた。「私が存在していることで世界に幸せの絶対量を増やしている、絶世の美人の特権でしょーが!!」

その時だった。

世界に大きな変化が現れた。

バッドランドがきらびやかな光で包まれ始めた。

無数の光の粒子が宙に浮かび上がり、荒涼とした世界は、あっという間にクリスマスイブの夜の街の電飾のような、豪華な光によって飾られていった。俺にはその光が、ルインの発言の正しさを認める、クイズ番組の正解ランプのように見えた。

目の前の光景に息を呑《の》んでいると、ルインは我が意を得たりといった様子で叫んだ。「ほらーっ!!」ルインは宙に浮かぶ光の粒を指さした。「やっぱり私の心は、私が正しいことを言い出すのを待ってたんだ！　これが正解なんだ!!」

え、ええー……そうなのか？　だとしたらこの土地は、ルインに甘すぎないか？

……甘すぎてもいいのか。だってこの土地はルインの心なんだから。この土地の全てがルインにとって都合のいいものだって、それは別に普通のことなのだ。

バッドランドに目で見える変化が起きたことに自信を付けたのか、彼女は出会ったばかりの頃と同じような、自信満々の様子に戻って俺に言った。

「さあ、あとはワタが受け入れるだけだよ。私とふたたび付き合うことを」

ルインは爛々《らんらん》と目を輝かせ、不敵に笑っていた。

不覚にも俺は、その堂々とした態度を格好いいと思ってしまった。そしてそう思ってしまった時点で、半分くらいは彼女の提案を呑《の》んだも同然だった。

「また付き合って、後悔しないかな……」

せめてもの抵抗のように俺は言った。するとルインは明瞭に答えた。

「するわけないよ。だって私が世界で一番可愛《かわい》い女の子なんだから、他の子に決めた時点で二番目になるんだよ」

「世界で一番可愛《かわい》い女の子」と俺は繰り返した。「でも浮気《うわき》はする」

「うん。でも君の浮気《うわき》も許す」

ルインは快活な笑みを浮かべた。その笑い方は、既にこの先の覚悟は決まっていて、そのことを全く気負いもしていないし、できる自信があるという笑い方に見えた。

俺は数秒ほど口をつぐんで、考えを巡らせた。

でも結局は考えはまとまらず、思ったままの、たぶん最も正直な気持ちをそのままルインに伝えた。

「……ごめん。意地になってた」と俺は謝った。「俺はルインが、本当は一番好きなんだ。でもそれをあっさり認めてしまうと、自分に対しても、君に対しても甘すぎるような気がするし、果南とヤり狂っていた時期もあるから、自己同一性の観点からしてどうなんだ、俺は最低な男なんじゃないかって、そのことを気にしてて、上手《うま》く言えなかったんだよ」

ルインはうなずいた。それから真《ま》っ直《す》ぐに俺を見た。俺が自分の気持ちを伝えられるかを見届けようとしているみたいに。

「だからもう、素直になるよ」と俺は続けた。「子供のように好きなものを好きだと言うよ。俺はルインが好き。それが全部なんだよ」

「それでいいよ。誰も気にしないじゃん」

ルインはそう言って俺に手を伸ばした。

俺はその手を握った。

バッドランドに浮かぶ無数の光の粒子たちは徐々に拡大し、幾何的《きかてき》な光芒《こうぼう》を伴い、世界を眩《まぶ》しい光によって埋め尽くしていった。視界はホワイトアウトし、目の前にいるルインの姿も見えなくなって、彼女の柔らかな指の感触以外、俺が感じられるものは何もなくなった。そして世界が消失するその寸前、俺はなんとなくそうするのが正しいように思えて、感触だけのルインに口づけをした。眠った白雪姫を起こすために王子様がしたことを、俺はしたのだ。

20 エピローグ -Epilogue-

翌日から、俺は一週間の謹慎になった。

部室棟のトイレでセックスした件がバレたのだ。もちろん果南《かなん》も謹慎になった。

謹慎で助かったと俺は思った。退学にならなかったのはもちろん良かったし、停学と違って謹慎は公式の記録に残ったりはしないという。公式の記録に残った時に果たしてどんな不都合があるのかはわからないが、ともかく比較的軽い処分だったということだ。


その一週間後、果南が妊娠していないことがわかった。

周期通りに生理が来たし、念のために妊娠検査薬で確かめてみたところ、陰性だったという。

その翌日、俺は果南に会いに行った。謹慎期間中は外出禁止だが、そんな細かなことは気にしていられなかった。

俺たちは果南の家の近くの喫茶店に集まった。

バッドランドではルインにあんな話をしたが、もしも果南が妊娠していた時は、俺は責任を取るつもりだった。

つまり、産むにしても産まないにしても果南の決断を受け入れ、もしも産むのならば彼女を一生愛することを誓うつもりだった。それが人間として真っ当な行動だと思ったからだ。ルインにも、その期間は待ってもらった。

とはいえ結果的に、そうはならなかった。

俺は果南に、別の話をした。

俺とルインは復縁した。お互いが浮気《うわき》をしてもいいことを条件に、付き合い直した。ルインはこれからも青崎《あおさき》先輩と浮気《うわき》をし続けるし、俺も一応、浮気《うわき》の権利を持っている。

そう告げると果南はこう言った。

「言っておくけど、私は親友のセフレになんかならないからね」

果南は俺の浮気《うわき》の権利には、ほとんど興味を持たなかった。そんなことは考える価値もないという様子だった。

彼女は頬杖《ほおづえ》を突いて、窓の向こうを見つめながら言った。

「これから私はどうすればいいんだろう？　君を脅してエロい動画を撮るというのも、浮気《うわき》をしたっていいと言われた後では面白みに欠けるし、藤代《ふじしろ》さんにそれを送りつけるのも、嫌がらせくらいの意味しか持たないもんね」果南は目元にかかった長い髪を指で横に流した。「どうも私は、君に手出しをする方法を失ったみたいだ」

果南はオレンジジュースを一口飲んで、ちらりと俺を一瞥《いちべつ》すると続けた。

「でもでも……私は、藤代さんと君との仲は上手《うま》くいかないと思うんだ。なぜなら君は藤代さんのことが、本当の意味では好きじゃなくて、ただ漠然とスクールカーストの高い人たちに憧れを持っているだけだから……。スクールカーストの頂点にいる藤代さんと付き合うことで、今までそれに虐《しいた》げられていた、過去の自分を慰撫《いぶ》したいだけだから……負け惜しみのように聞こえるかな？　違うよ……これは、予知だよ。いつか君はそのことを、骨の髄まで思い知ることになる」

果南はじっと、熱っぽい視線で俺を見つめた。まるで見つめることで、なにかの魔法をかけようとしているみたいだった。

「だから私はずっと、君のことを待っているよ」

視線はそのままで、口元だけを微笑の形に動かして彼女は言った。その声には奇妙な余裕があった。まるで待っていれば俺が戻ってくると、不合理な根拠によって確信しているみたいだった。

「藤代さんとの仲が上手《うま》くいかなくなった日が来たら、意地を張らずに、私に電話をかけてくれればいい。格好つけずに、べつに自然じゃなくてもいいから、復縁と書かれたスイッチを押すくらいの気持ちでね。そうすれば私たちの仲は元通りになる。親友が何が正しいかをわかってくれる日を、私は待ってるよ」

俺たちはふたたび学校に通うようになった。

俺の復帰日が、テスト期間の初日だった。それはとても幸いなことだった。もしも通常の授業日だったら、一日中教室の視線に怯《おび》えなければならなかっただろうが、テスト期間であれば半日で済む。

それでも学校にいる間はずっと胸がつかえていたが、そんな日が一週間も続けば、多少平気にはなる。

そうしているうちに夏休みになる。夏休みさえ来れば、男子トイレでの過《あやま》ちからは、ほとんど逃げ切ったも同然だと俺は思った。俺は元々夏休みが好きだが、こんなにも夏休みに入る日が嬉《うれ》しかったことはない。

そんなふうにして、俺は日常を取り戻していく。胸のつかえが弱まり、当たり前に息を吸えるようになっていく。

それから当たり前のこととして、映像研究部の部活動はなくなった。

たぶんこのまま廃部になるんだろう。寂しいが、それが物の道理だから仕方がない。

甘っちょろい考えであることは自覚しているし、たぶんこの考えのせいで、あらゆることが上手《うま》くいかなかったことはわかっているが、俺はふたたび、純粋な親友である果南と部活をしたかった。

でもそんなのは、もう叶《かな》わない願いなのだろう。

俺たちの間に起きたことは、取り返しがつかないことだ。どうしたって、全てを元に戻すことはできないのだ。

*

十二月になっても、俺とルインはまだ付き合っていた。

俺たちの交際が順調かどうかはわからない。たまに喧嘩《けんか》もする。

だが別れるという選択肢が頭に浮かんだことは、未《いま》だに一度もない。今のところは、果南の言う通りにはなっていない。

俺はいつものようにルインとのデートに出かけた。待ち合わせ場所は以前と同じで、共通の最寄り駅の前だ。

待ち合わせ時刻の五分前に着いたが、予想通りルインは十分ほど遅刻してきた。

「おはよー」

と言ってルインは現れた。

ルインは冬モードの服装だった。髪の毛は染め直したばかりらしく、インクを溢《こぼ》したような青色になっていて、もこもこのベレー帽の白色とよく似合っていた。ロング丈のデニムのコートを着ていて、中にはへその見えるトップスとショートパンツを穿《は》いていた。十二月にもかかわらず脚を出していて、コートの厚着と白い脚のコントラストが印象的だった。

「おはよ」と俺は言った。

「ワタ、早速私の選んであげたキャップ被《かぶ》ってるね」とルインは言った。

「うん」と俺は言った。俺が被《かぶ》っているキャップは、ちょうど前回のデートでルインが選んでくれたものだった。「てか俺の着てるものって、全部君が選んだものだけどね」

「え……よく見たら今日のワタ、めちゃくちゃオシャレじゃん」ルインは目を輝かせた。

「遠回しな自画自賛だな」

「まあ似合う服なんて他人にしかわからないからね。私が選んだ服を着るっていうのは理にかなってるよ」

「それはそうではある」実際におしゃれになっているんだから、認めざるを得なかった。

「あとはブリーチをさせたら完成かな」

ルインは悪巧みをしているような笑みを浮かべた。彼女は俺にブリーチをかけて、派手な髪色に変えたいらしいのだ。

正直なところ、髪を染めたい気持ちはあった。というかルインと付き合い始めて、オシャレをすること自体に興味が湧くようになった。ファッションって意外と手軽に自己肯定感が上がるし、趣味としても、ゲームの着せ替え要素の現実版のような楽しさがあって……って、本来はゲームの方が現実準拠なのだから転倒しているのだが。

それはそれとして、ブリーチをすることには躊躇《ちゆうちよ》があった。うちの高校の校則はゆるく、髪色も自由だが、実際に派手な色に染めているのはルインだけだった。

その彼氏の俺がブリーチをして派手髪カップルになるというのは、さすがに調子に乗りすぎているのではないかと、本来は日陰者である俺の内心が囁《ささや》くのだった。

というわけでブリーチは保留……と思っていると、いつものようにルインは腕を組んできて、俺に言った。

「さあ行こう。触れ合いホルモンを分泌しようよ」

その日のデートは、付き合ってから半年の記念日だった。

二十人以上の男と付き合ったことのあるルインだが、なんと交際が半年以上続いたことは、今までに一度もなかったという。

というわけで交際半年の記念日を祝うのは、ルインにとっても初めてだった。

「ルインって、『記念日なんて祝わなくていい』って言ってなかったっけ」

行きの電車の中で、ふと思い出して俺は聞いた。確か最初のデートでそう言っていたのだ。

「今まで半年も交際が続いたことがなかったからそう思ってただけで、実際に半年経《た》ってみると、ちょっと感慨深いよね」

とルインは言った。その感慨深い気持ちは俺にもあった。

交際半年の記念日に、俺たちは鶴岡八幡宮《つるがおかはちまんぐう》に来た。最初のデートで近くまで来て結局は行かなかった場所に、参詣《さんけい》してみることにしたのだ。

鎌倉駅《かまくらえき》で降りると、クリスマスの気配が漂っていた。改札機の横にはクリスマスツリーが設置されているし、駅前のイチョウの樹《き》もイルミネーションの飾り付けがされている。道行く人たちの足取りも、気のせいか浮かれているように見える。

鎌倉駅から鶴岡八幡宮までの間にある、小町通《こまちどお》りという商店街を歩きながら、ルインが楽しそうに言った。

「ねえ知ってる？　鶴岡八幡宮に参拝したカップルは、別れるっていうジンクスがあるんだって」

「へえ」なんだか全国の観光地に必ずありそうなジンクスだと思ったけど、話の腰を折りそうだから口にはしなかった。

「私たちが別れなかったのは、鶴八に行くのを途中でやめたからかもねー」

俺はすこし考えてから言った。

「いや、一回別れてるよ」

「あ、そっか」

ルインは今気づいたというふうに言った。俺と果南の事件が明るみになった後、俺は一度ルインに別れを言い渡されているのだ。

「じゃあ、鶴八の影響が駅の近くにまで来てたのかな？」とルインは言った。

「縁起の悪いことを言わないでくれ」これから参るのに。

「ねえ、ワタ」ルインは訊《たず》ねた。「もしかして今日って、交際半年の記念日じゃないんじゃないかな」

「なんで？」

「だって私たち、最初のデートの日を起点として考えていたよね。復縁した日を起点とすると、交際半年の記念日まではあと三週間ほど期間があるよ」

「あ、ほんとだ」

俺もルインも記念日には頓着がなかったが、厳密に考えるとそうかもしれない。

「じゃあ今日は、交際半年マイナス三週間の記念日だね」とルインは笑って言った。

「中途半端《ちゅうとはんぱ》だなー」

「君といる日はいつでも記念日だよ」

「アイドルの曲の歌詞みたいだ」

「でもそっか」ルインはひとりでに何かに気づくと言った。「バッドランドで君に啖呵《たんか》を切ってから、もう半年マイナス三週間になるんだね」

「約半年だね」と俺は短く言い換えた。

俺たちは以前、バッドランドという名の乾いた峡谷に行った。そこはルインの夢の中にある土地であり、ふしぎな現象がたくさん起きた。果南が出現したり消失したり、いかがわしいレンタルビデオ店で、ルインの記憶が収められた映像を借りられたり、ルインの感情に合わせて世界そのものが白く光ったりした。

「忘れられないよね」と俺は言った。

「うん、はっきり覚えてる」とルインは答えた。

ああいう夢のような場所での記憶って、時と共に忘れていくのが普通だと思う。何が普通かはわからないが、アニメとかだとそうなることが多い気がする。

ところが俺もルインも、あの日のことははっきりと覚えていた。なんだか風変わりな観光地に行ったくらいの感覚なのだ。

「交際一年の記念日にでも、もう一回行こうか」とルインが冗談っぽく言った。

「ああ、行けたらね」

と俺は脱力しながら言った。あの世界にふたたび行くためには、ルインの呪いが強まる……つまりルインのメンタルがブレイクされる必要があるのだが。

「バッドランドの夢は今も見る？」と俺は聞いた。

「あれからすっかり見なくなったよ」

「ちょっと寂しい？」

「まさか。本音を言うと、すごく快適だよ。もう一回行くなんて、本当は懲り懲りだよ」

ルインは向日葵《ひまわり》が咲くように笑った。俺はその答えが嬉《うれ》しかった。少なくとも俺は、ルインが幼い頃から悩まされている悪夢を、一つ終わらせることができたのだ。


俺たちは鶴岡八幡宮に参拝した。

何を祈ろうかと思ったが、ルインが「受験生だから合格祈願でしょ」と言ったので、受験は再来年なのだが合格祈願をしておいた。もしもふたたび来ることになったら、同じことを祈ったら効果が倍になると思うことにしよう。

境内でおみくじを引いた。俺もルインも末吉だった。

源氏池《げんじいけ》に行った。鯉《こい》に餌をやりながらルインが言った。

「結局のところ、私は理想を追い求めていたのかもね」ルインは口をパクパクさせる鯉《こい》たちを徒然《つれづれ》と見つめていた。「二十人以上の男の人と付き合ったにもかかわらず、次に付き合う人が『この人と出会うために私は男の人と付き合い続けてたんだな』と思うような、そんな素敵な人であることを望んでいたのかもしれない。素敵な人ってどういう人なのか、その定義もはっきりさせずに。そしてそんなことを思っているうちは、運命の人になんて出会えないんだね。私に必要だったのは自己開示だったんだ。目の前の人に否定されたっていい、私はこういう人

間なんだって高らかに宣言して、それでどう？　って聞くことだったんだ」

「セフレがいたっていい、と思える人を探すことだった」俺はのんびりと鯉《こい》を眺めながら、彼女の言葉を言い換えた。

「そう」ルインは鯉《こい》たちにひとつまみ餌を放った。「『私はセフレを作る』って自分から発信していかないと、当たり前だけどそういう人とは出会えないんだね」

まあ言うのは難しいけどね、とルインは言った。

そりゃそうだ。

ルインは鯉《こい》の餌の入った紙袋に手を添えて、でも餌は手に取らずに、何気なく俺に言った。

「好きだよ。ワタ。その気持ちは確かだよ」

俺も、好きだよと答えた。

そして、好きな気持ちをこれからも継続していこうと、そう思った。

あとがき

どうも、作者です。このあとがきにはネタバレが含まれます。

本作の結末は非常に悩みました。どれくらい悩んだかというと、担当編集の阿南《あなん》さんに初稿を送った後、なんだか急に終わり方が違う気がしてきて、一時間後に「やっぱりこっちにして下さい」と言って、別の結末の原稿を書いて送りつけたくらいです。一時間前の原稿だと果南《かなん》と結ばれていましたが、最終的な原稿ではルインと結ばれました。『果南と結ばれるべきだ』派の人がいたら（というか、いますよね）すみません。初稿と二稿の間にあったあの一時間で、ワタはルインと結ばれることになりました。

執筆中も、気がついたらワタがコテンパンなまでに破滅していて、「あ、これはまずいな」と思って、戻って修正するというのを何度も繰り返していました。「キャラクターが勝手に動く」という言葉がありますが、勝手に動かすと我らが宮澤《みやざわ》くんは地雷原に真《ま》っ直《す》ぐに突入していくので、その都度あたふたと調整を加えました。そんな作者は宮澤くんにとっての何？　保護者？　タイムループをして運命を変えようとしている系の人？　とたびたび思いましたが（主に深夜の風呂《ふろ》場の中で「どう考えてもワタが破滅する以外に事態を収拾する方法がない」と思ったりした時）なんとか彼を見捨てずに書き進められました。こうしてどうにかたどり着いた結末が、読者の皆様にとっても満足のいくものであれば幸いです。

というわけで、『宮澤くん』はこの巻で完結です。二巻完結の短いシリーズでしたが、要点を押さえてコンパクトにまとめることができたのではないかと自分的には思っています。読者の皆様も同じ気持ちであれば嬉しく思います。

完結する以上、それ相応の寂しさがやってくるものだと思っていました。ですが意外と、あまり湿っぽい気分になりません。本編の登場人物に明るい人間が多いので、私もそれに影響されているのでしょうか。彼らには「さよなら」と大声で言って、からっと別れるくらいが丁度いいように思えるのです。さよなら！

以下、謝辞です。担当編集の阿南さん、ありがとうございます。電撃文庫の編集長にもかかわらず、こんなにも体当たりな本を身を挺《てい》して出版していただき、本当に助かりました。「申し訳ありませんが、エッチなシーンは全て削っていただいてもよろしいでしょうか」と言われてもおかしくなかったと思います。あなたの器の大きさによって本作は無事に刊行されました。

そしてぽりごん。さん、透明感のある素敵なイラストをいくつも描いていただき、ありがとうございます。

最後に、ここまで読んで頂いた読者の皆様に厚くお礼を申し上げます。また次作で会えることを願っています。

中西鼎《なかにしかなえ》

◉中西　鼎著作リスト

「宮澤くんのとびっきり愚かな恋」（電撃文庫）
「宮澤くんのあまりにも愚かな恋」（同）

本書に対するご意見、ご感想をお寄せください。

ファンレターあて先
〒102-8177　東京都千代田区富士見2-13-3
電撃文庫編集部
「中西 鼎先生」係
「ぽりごん。先生」係

本書は書き下ろしです。

電撃文庫

宮澤《みやざわ》くんのあまりにも愚《おろ》かな恋《こい》

中西《なかにし》 鼎《かなえ》

2025年２月10日　初版発行

発行者　山下直久
発行　株式会社KADOKAWA
〒102-8177　東京都千代田区富士見2-13-3
0570-002-301（ナビダイヤル）
装丁者　荻窪裕司（META＋MANIERA）
印刷　株式会社暁印刷
製本　株式会社暁印刷

ISBN978-4-04-916096-3　C0193　Printed in Japan

電撃文庫　https://dengekibunko.jp/

電撃文庫DIGEST　2月の新刊

発売日2025年2月7日

幼なじみが絶対に負けないラブコメ13

著／二丸修一　イラスト／しぐれうい

群青同盟最大の敵・哲彦と勝負することになった俺たち。そのテーマは告白。俺はこの動画対決で勇気を振り絞って告白する！　黒羽、白草、真理愛、三人とも本当に魅力的な女の子だけど――誰を選ぶかはもう決まった。

とある魔術の禁書目録《インデックス》外典書庫④

著／鎌池和馬　イラスト／冬川 基、乃木康仁

鎌池和馬デビュー20周年を記念し、アニメ特典小説を文庫化。とある魔術の禁書目録Ⅲ収録『とある科学の超電磁砲SS３』と書き下ろし長編『御坂美琴と食蜂操祈をイチャイチャさせる完全にキレたやり方』を収録。

七つの魔剣が支配するXIV

著／宇野朴人　イラスト／ミユキルリア

誰一人欠けることなく５年生となったオリバーたち剣花団。異端の「律する天の下」の大接近が迫るなか、キンバリー教師たちは防衛のため連合各地へと派遣される。しかし、それは異端の仕組んだ巧妙な罠で――。

ほうかごがかり4
あかね小学校

著／甲田学人　イラスト／potg

「知らなかった。わたしたちが、神様の餌だなんて」学校中の教室に棲む、『無名不思議』と呼ばれる名前のない異常存在。ほうかごに呼び出された「あかね小学校」の少年少女は、担当する化け物を観察しその正体を記録するが……。

宮澤くんのあまりにも愚かな恋

著／中西 鼎　イラスト／ぽりごん。

瑠音と付き合うことになった矢先、果南との肉体関係を持ってしまった俺。なんとか問題を解決するつもりだった。果南とは親友同士に戻り、瑠音とは裏表のない恋人に戻る。だが、そううまくいくはずもなく――。

メイクアガール

著者／池田明季哉　原作／安田現象・Xenotoon
監修・イラスト／安田現象

SNS総フォロワー600万超えのアニメーション作家・安田現象が贈る、人の心がわからない科学少年“明”と、人の心が芽生えはじめた人造少女“0号”が織りなす超新感覚サイバーラブサスペンスを完全ノベライズ！

メイクアガール
episode 0

著者／池田明季哉　原作／安田現象・Xenotoon
監修・イラスト／安田現象

SNS総フォロワー600万超えのアニメーション作家・安田現象が贈る初長編アニメーション映画『メイクアガール』。本編では語られなかった明の母、水溜稲葉が引き起こした「はじまりの物語」がスピンオフで登場！

新作　女子校の『王子様』がバイト先で俺にだけ『乙女』な顔を見せてくる

著／遥 透子　イラスト／はらけんし

圧倒的ビジュアルとイケメンすぎる言動で人気を集める『女子校の王子様』が、俺の働くファミレスに後輩として入ってきた。教育係に任命された俺は、同級生が誰も知らない、彼女の素顔を知ることになり――!?

新作　陰キャの俺が席替えでS級美少女に囲まれたら秘密の関係が始まった。

著／星野星野　イラスト／黒兎ゆう

陰キャオタクの泉谷諒太は席替えでクラスカーストトップの美少女３人に囲まれてしまう。平穏なオタクライフを楽しみたいだけなのに、彼女たちは諒太を放っておいてくれず!?

新作　ツッコミ待ちの町野さん

著／にちょびん　イラスト／サコ

「水泳部の町野さんは部活に行く前に、僕しかいないドミノ部に顔を出す。コント仕立ての会話でボケ倒すので、僕はツッコまずにはいられない――」「いきなりラノベっぽいあらすじを語り始めてどうしたの、町野さん」

電撃文庫

俺の幼馴染がデッッッかくなりすぎた

折口良乃

イラスト／ろうか

……いや、デッッッッかすぎるだろ。

「久しぶり～！　小学校ぶりじゃん！　ずいぶんおっきくなったね！」

　かつては男友達のように一緒に遊んでいた幼馴染・美濃《みの》りりさと久しぶりに高校で再会したら……胸がとんでもない大きさに成長していて!?

「正直めっちゃ困ってるの！　痴漢とかナンパとかスカウトとか！

　だからさ……私のボディーガードになってよ！」

　そんな打診から、りりさを守るドキドキな日々がはじまった——！

「んんんん～～～っ、ふんぎぃぃぃ～～～～！」一緒に筋トレしたり。

「……私の水着見ても、ヒかない？」プールへ行ったり。

　大きすぎる胸のせいでハプニングも発生!?

　デッッッッかすぎる幼馴染と過ごすドタバタラブコメディ！

電撃文庫

ヒロイン100人好きにして？

渋谷瑞也

イラスト／Bcoca

天才（童貞）な俺が100人オトせ!?　無理だ！

「——夜光《やこう》さまには女の子を100人、恋に落として救ってほしい」

　空木《うつぎ》夜光《やこう》はどんな問題でも解ける天才だが、魔女・ベルカが出してきた超難問には頭を抱えた。だって俺は女心だけは分からない上、恋愛に対して深いトラウマがあるからだ。だけど恋への憧れを依然捨てきれない俺は、この超難問に挑みたい！　純真無垢なアスリートっ娘に無口な小動物系ゲーマー、妖艶美女な元カノ。様々な娘たちと俺は恋をする！

　……俺のことを心底愛する、ベルカの監視下で。

「でも、わたくし1人を愛してね？　……早く。返事。ちゅーするよ？」

　100人と恋し、1人を愛する波乱万丈のラブコメディ、開幕！

エルフの渡辺
[著] 和ヶ原聡司
[イラスト] はねこと
渡辺《わたし》風花、
異世界から
来ました。
恋、それとも変？
ありふれた日常に潜む
小さなファンタジー
電撃文庫

ふたりぼっち。
安住の星を探して宇宙旅行★
発売即重版となった『竜殺しのブリュンヒルド』
著者・東崎惟子が贈る宇宙ファンタジー！
少女星間漂流記
著・東崎惟子　絵・ソノフワン
電撃文庫